手机里的男朋友

方慧——作品

Beijing United Publishing Co.,Ltd.
北京联合出版公司

图书在版编目（ＣＩＰ）数据

手机里的男朋友 / 方慧著 . — 北京 : 北京联合出
版公司 , 2015.10
　ISBN 978-7-5502-6386-4

　Ⅰ .①手… Ⅱ .①方… Ⅲ .①短篇小说 – 小说集 – 中
国 – 当代 Ⅳ .① I247.7

中国版本图书馆 CIP 数据核字 (2015) 第 229162 号

手机里的男朋友

作　　者：方　慧
责任编辑：管　文
特约监制：符　虚　小　饭　金丹华
选题策划：赵 西 栋

北京联合出版公司
（北京市西城区德外大街 83 号楼 9 层　　　　100088）
北京鹏润伟业印刷有限公司印刷　　新华书店经销
字数 188 千字　　880 毫米 ×1230 毫米　　1/32　　印张 7.5
2015 年 10 月第 1 版　　2015 年 10 月第 1 次印刷

ISBN　978-7-5502-6386-4
定价 38.00

你 是 爱 上 了 ΤΑ ， 还 是 爱 上 了 爱 情 ？

目录

contents

01. 微博自杀记

每个早上我都和自己打赌，男友会来回复我的微博。我的眼睛还没睁开，期待就开始苏醒，越来越灼人。我浑身发胀，再也躺不住，便一跃而起，扑到电脑边。

但每次微博页面就像一潭死水，纹丝不动。没有黄色的标签弹出来，告诉我："您有 X 条未读消息，请点击此处查看。"

我去检查网络，网线插头拔掉，再插上，再刷新网页，还是纹丝不动。我去刷牙洗脸，我去吃早餐，乘地铁上班，挤在人群里摇摇晃晃地拿手机登微博，首页还是纹丝不动。一天都过去了，没有黄色的标签弹出来，告诉我："您有 X 条未读消息，请点击此处查看。"

这是有问题的，不对的。

因为我知道我的男朋友，非常非常地爱我。分手后我们互相取消关注对方的 ID，但他会一次又一次地打开我的微博页面，读我当天发的内容。他不作声，不过是碍于面子。他总会作声的。就像去年冬天，我发烧吊水，把手上贴着的针头拍下来，发到微博上，晚上陆陆续续收到一些回复，有同事的，有大学同学的，那倒数第二条，就是他的。他说："好些了吗？"那时我才知道，他是看我微博的，他露馅了。

　　我每天发一到两条微博，我发自拍，晒美食，赞叹好天气。有时候，和室友吃东西，我会突然定住不动："这盘菜真有卖相，我今天发型也很萌，给我拍张照片吧。"室友就放下筷子勺子，掏出手机给我拍照。我又觉得我侧脸比较好看："你到桌子左边拍我吧，左边斜上角，差不多45°。等会儿，我先吃东西，你在我不经意的时候拍，这样比较自然。"室友总是说："哦，好的，这样行吗？"

　　我觉得不好，就会让室友重新帮我拍一张。室友顶多皱一下眉，但这一点点的不好意思和一张满意的照片比起来，算什么呢，对吧？

　　我挑出最好的一张，在QQ上发给擅长PS的妹妹。"妹，你表现的时候到了，帮我P一下。""怎么P？""P得好看就行了，脸小一点，眼睛大一点，色调柔美一点，弄成LOMO风格的。""哦，好的。"

　　几个小时后，我的妹妹在QQ上，把照片发给我，附上大功告成后要死要活的呻吟。但我不满意，就毫不客气地继续提出修改建议："脸不够小，眼珠子不够自然，可以再微调一下吗？这件衣服能不能变成我生日那天买的，最好看的那件？"

　　"神啊，我只会修图，不会变魔术。"我的妹妹说完就下线了。

　　但有什么关系呢，有一点点麻烦别人，一点点尴尬，和能够在微博上发一张完美的照片比起来，算得了什么？这样的照片我保存了几十张，以备后用，我把它们放在一个专用的文件夹里，一天一两张，慢慢地发。我通常是轻描淡写地输入"今天没怎么化妆，昨晚也没睡好，黑眼圈好重，真烦"诸如此类的文字，然后从文件夹里挑出一张无敌美照贴上去，剩下的时间坐收评论。我知道，我的男朋友会看到的，他会一次次惊讶地发现我比从前更加光彩照人。想必他会脱口而出："好美！"

但是他碍于面子，从不作声。

我问我的室友，一个人怎么可以爱面子到这种程度。我的室友撇撇嘴，做了个很美剧的耸肩动作，大概是说，I don't know。

我的妹妹，熟读各路励志心灵鸡汤读物的姑娘，高声朗诵道："遇到你以前，我不知道我的懦弱。遇到你以前，我不知道我的畏缩。遇到你以前……一切都在遇到你的那一刻天翻地覆，从此，我是一个胆小鬼，不过因为，遇到了你，爱上了……啊啊！"不等她说完我的枕头就砸了过去："妹，鸡皮疙瘩满地！"

但我心里喜滋滋的。

我的男朋友，只是比较含蓄。

他的最近一条微博写道：TNND梅雨，潮湿，心情烦躁。没人比我更明白，他是在用比较含蓄的方式表达，他忍受冷战和思念的折磨，忍得满心疲惫，嘴上却要说因为梅雨而烦躁。

他总会作声的，我只是不知道什么时候罢了。

有一天下班后，我靠着门问我的室友："我们认识很久了吧？"室友抬起糊着白花花面膜的脸："又要帮你做啥，如果是拍照就等会儿。"我有些难为情，笑笑："不是拍照啦，我下个月拿奖金，请你吃大餐。""哇哦！"

室友很高兴。

我伸出一截指头帮她把面膜上的气泡挤掉："那么现在你帮我发个微博是没问题的咯？""切……"室友抽出一张纸巾揩揩手，"说吧，发什么？"

当天晚上，室友在微博上@我："今天送你花的男人是谁啊？"下面附一张我从文件夹中精挑细选过后传给她的图，图中的我笑靥如花，风情万种。

这条微博不到十分钟就被转发了三十次，我的同事、我的大学同学、我的所有认识的不认识的博友，纷纷八卦起来："什么情况？""有人追了？""查查她星座是不是最近有桃花运。""出事啦！"

这些人当中，就有被我的男朋友关注的人。他们转发过去，这条微博就会出现在他的主页里，我数了一下，一共会出现三次。焦灼吧，小子，我是有很多人追的，滚烫的、新鲜出炉的焦灼！我几乎要跳起来了。

但第二天我醒来后，新的苦恼冒出来了。

微博评论里出现了N句"无图无真相！"它们仿佛被设置好程序的"机械手""时光机"自动复制粘贴，异口同声，铺天盖地。我的同事和同学都疯了，不只他们，更多不认识的ID也参与进来，那些形色各异的四方头像，像一张张盲目大张的口，形状一致地嚷着要看我收到花的照片，好像这跟他们有半毛钱关系。

没办法，下班后我去买花。

因为我知道，虽然我的男朋友没有说话，但他一定在安慰着自己：无图无真相，所以不用焦灼，嗯，不用焦灼。

买完花，我打电话给我的妹妹："亲爱的妹，我们的感情一直那么好，那么好。你小学的时候寒假作业在开学前一天才开始写，写不完，我就不睡觉通宵帮你写，写得双手都生了冻疮。你初中的时候收到的情书被爸妈看到，你尴尬得想一头撞死，我挺身而出，说：'这些都是我的！我的！'你高中的时候……"

半个小时后，我的妹妹瘦小的身躯扛着巨重的单反相机在寒风中各种扭摆蹲跳，一个小时内给我拍了几百张捧花照片，正面侧面看镜头的不看镜头的走路的站立的静的动的，应有尽有。翻着相机里的照片，我泪眼蒙眬："妹，你对我真好，你放心，姐姐幸福了一定不会忘了你的功劳。"我的妹妹叹口气："你开心就好。"

本是个感人肺腑的一天，空气中到处都是皆大欢喜的气息，鸟兽奔走相告：他就要作声啦，他就要作声啦！

不料"我猜中开头，猜不中这结局"。

在我花两个半小时挑选好一张照片，传给妹妹，等待妹妹 PS 的过程中，又手贱地去刷了几次男朋友的微博。我想，小子，马上就有好戏了，再等几分钟，你就哭吧！在我刷新的大概第十下，男友页面陡然冒出一条新的内容。他说："吃得好饱！嘻嘻。"附的图是一大桌子菜。我的心沉下来，轰的一下开始耳鸣。

我有这个反应不是因为他发了个作死的娘炮的"嘻嘻"，而是他在这句话后面 @ 了一个 ID，叫什么果，反正一看就是女的。

我身体坐稳，气沉丹田，深呼吸三次，才去点那个什么果。这个过程简直像是电视里经常播的智勇大冲关节目，一路摸爬滚打、风刀雨箭，等我一一接受这个什么果真的是个女的、晒了大量和我男朋友的亲密照，已经千疮百孔奄奄一息。

我的妹妹在 QQ 上抖我一下："P 得差不多了，待会儿我要怎么发微博，就说偷拍你的好吧？"

"不用了。"我说。我出奇地冷静，也没有哭闹。呆坐了一会儿，实在不知道该做些什么，就挤出了几滴眼泪。又觉得冰凉凉的，擦掉了。

我一个星期没有再发微博。

微博恢复平静，重新变回一潭死水，成天纹丝不动，没有黄色的标签弹出来，告诉我："您有 X 条未读消息，请点击此处查看。"

我上班下班，很少说话，表面风平浪静，内心其实也风平浪静。我的室友担忧地看着我说："你要尽早走出来。"我说："我以前很傻逼吧？"室友说："也还好。"

我的妹妹给我拎来水果、酸奶、各种坚果，还有几瓶屈臣氏打折出售的维生素片。她把它们丢到床上，然后去隔壁和我的室友窃窃私语。

"我真的挺好的。"我对她们说。

后来，为了证明我挺好的，我又开始发微博，照样晒自拍，晒美食，赞叹好天气，只不过不再期盼我的前男友作声而已。

事情转变，是在一个百无聊赖的傍晚。那天下了点小雨，空气凉飕飕的，我下班后晃进附近的全家便利店，挑了几串关东煮，歪在柜台边排队结账。这时，一对男女中学生打闹着走过，女生碰到了我的手肘，关东煮纸杯里的汤华丽丽地洒了出来，湿了我的袖口。

不是很烫，湿的范围也不大，我不便生气，何况人家一再道歉，我便甩甩手说："啊，没事没事。"我走出全家，走进凉丝丝的小雨中，觉得很冷，我把衣领往上拽拽，把袖子往前拉拉，这时才发觉我的左手腕非常地不舒服。冷却的咖喱汤汁又黏又腻，洇透衣服，湿答答地贴在皮肤上，皮肤表面结上一层薄薄的、蜡烛油一样的淡黄色凝固体。我从包里摸纸巾，摸到"心心相印"袋子，一捏已是空的了，我开始不爽，掏出手机，发了条微博："真想死！"

回家的路上，我吃掉了关东煮，买了份《上海壹周》，在地铁里摇摇晃晃地看，也许人不多，座位多，也许看到了帅哥，总之我哼起了歌，心情不坏。

到家时，我脱掉鞋子，揉着脚，顺手打开电脑，登微博，然后，出事情了。我的前男友，评论了我的微博。他说："怎么了？"

我使劲揉眼睛，又点进这个 ID，看他以往的微博，一连翻了三页，才敢确定是他。

该怎么回复，要不要回复并转发？我想，想得抓头，想得跺脚。冷静，我告诉自己，我等这个时刻等了那么久，一定要冷静，以静制动，要想个最周全、最不留遗憾的回复。我泡澡，揉出巨多的泡沫，慢慢消磨。我泡得十指指肚发白发涨，又爬起来看电视，吃我妹给我买的水果和核桃，我动来动去，就是忍住不去碰电脑，手机也关着。我的男朋友评论了我的微博，而我没有理他，我太享受这个状态了，能延长多久是多久吧。

深夜，我打开电脑，你知道发生什么了吗？我的那条微博被转发疯了。

黄色标签弹出来："您有 155 条未读消息，请点击此处查看。"点开了，又有新的弹出来，而标签中的数字也在不断地增加，一次次刷新着历史。我又开始耳鸣，等搞清楚状况，已经有三百多条评论了。

原来是我的亲朋好友，因为上次的事被我妹妹广而告之，都以为我处于失恋的痛苦之中，今日想不开，寻死来着。

前来相劝的人越来越多。

"亲爱的，别想不开啊！"

"心情郁闷是正常的，别钻牛角尖。"

"大好年华，别因为一个男人毁了自己啊。"

也有知情的人揪住我前男友的 ID："就是这个男的，把这么好的姑娘搞得神经兮兮这么久！"（神经兮兮？）

"你还不去安慰人家姑娘？"

"劈腿帝！"

而我的妹妹，竟然连续给我发了二十条私信，急躁地责问："你一天到晚想些什么啊？"

几个女同事也很焦急的样子，她们@我的室友："你去看下她啊，拜托，手机也关机。"但我的室友和她男朋友在宾馆里。"我想办法联系吧。"我的室友说，"先别急。"

原来我是个自杀的人啊。我去看了看我下午发的微博，确实很像一个失恋自杀的人呢。我想，感觉还不错啊，这么多人关注我了，你看好多加Ｖ的人，那个男歌手，是我妹妹的偶像呢，还有这个女艺人，总是在综艺节目里看到她，他们都转发了我的微博，成了我的粉丝。

我哼起了歌。

但过了一会儿，我开始坐不住，因为不断地有人在问，"现在如何了？""有谁知道她现在在哪儿啊？""人肉一下她地址！"

我想起来，我没有想要自杀。我想回答他们，你们想多了，我从没想过要自杀，我一点事也没有。但我打完就删掉了。没事你干吗发那样的微博？没事你怎么"真想死"，还加个感叹号？你坑爹呢？

我想，其实是有事的，我下午是心情不好的，是不高兴的。可是，为什么不高兴，我只记得咖喱油黏在手上不舒服，非常非常不舒服。但我不能这么回复别人，不能告诉他们，下午那时候，我只是左手腕不舒服。

如果我那样告诉他们，人群就会一哄而散，我会被骂成骗子。更重要的是，我将有可能这辈子也享受不到这狂欢式的热闹，几百几千条的评论和转发。

过了这村就没这店。

手一抖，新的一条微博就发出去了："这个世界，再见。"

剩下的一切都如预料的一样，却又是惊喜连连。能知道的大多数名人都参与进来了，男友给我发了两条私信，问我人在哪里，"立刻告诉我！"他在第二条私信里说。我想，你小子以前去哪儿了？你那什么果呢，恶心不恶心，还嘻嘻，娘不娘。我跷起了二郎腿，喝醉酒般晕晕乎乎，就像做梦。眨眼的工夫，粉丝就多了上千个，包括微博女王姚成，微博王子蔡抗永，还有些什么虾兵蟹将作业簿不加微。为了效果逼真，我翻箱倒柜找出了以前学美术用的颜料，把红色的涂在左手腕上，拍下来发到微博里，可不就像割过的腕！"这是属于你的盛世狂欢哪，"我对自己说，"尽情享受吧你。"

接下来评论栏里就像在举行一个追悼会，所有人都在拼命从我以前的微博中挖掘真善美。"一个美若天仙的姑娘怎么可以就这么没了！""善良的孩子，希望你没事。"甚至我某年某月发的一个 85 度 C 的小面包照片，也被用来歌颂我的朴素单纯美德。而我的老板，一个注册了微博从来都不会用的菜鸟，也笨拙地连发好几条来追忆我的好："做事非常认真严谨，为人乐观可爱，我们所有的同事都爱她。"

正当我感动得泪眼婆娑时，门被啪啪啪地敲打。

我无暇他顾，新的消息浮上来，我的大学室友在回忆我在校期间多么关爱姐妹，大冬天的挨个儿为大家打开水（虽然我记得的是大家轮流为所有人打开水啊）。一条微博一百四十个字不够用，她还开了个博客日志，专门细数这些往事，然后再把链接发到微博里来。我的高中同学、初中同学也都纷纷效仿。

门外有人在说："错没错，是这家？""就是这家。""不开门啊，她那个室友啥时候到？"后面就只听到叫我的名字。我知道了，是前来营救我的人。

真感人，看来也不是只有看热闹的人，是有真正关心我生命健康的人啊。

我眼眶发红，真想和他们一一拥抱。我再也坐不住，几乎是连滚带爬地扑向门把手，但当我伸手的刹那，我看清楚我手腕上的"血痕"，已经脱落了一部分，假得刺眼。

我开始想起，我根本没有自杀。我只是手上淋了咖喱汤，非常非常地不舒服。

微博评论里铺天盖地的"救到没啊？""现场的人给个消息吧。""急死个人了！"

门外出现大力撞击的声音，接着是一伙人"一二三嘿嗬"的叫喊，我已经听到妹妹的哭声了。

门锁在晃动，也许下一秒就被撞开了。他们会看到安然无恙的我，站在这里，桌子上放着画图画的红色颜料。

我觉得非常恐怖。

微博继续热闹着，所有人都疯了，全世界都像认识了我很久很久，清楚我一发一毫，给我列优点清单。我成为一个宇宙无敌好人，而且有着只应天上有的绝世美貌。

可是门下一秒就会被撞开，他们会看到我，看到我站在这里，可耻地安然无恙着。宇宙无敌好人碎了一地，绝世美貌是个笑话。一个骗子站在这里。

冷静，我告诉自己，这种时候一定要冷静。

我抱着头靠到墙边，然后，我看到了水果刀。

02. 痘

一

晚饭特意约在那家日本餐厅，我早早到场，生怕出现一点差错。

那家店装修粗糙，白炽灯套着一层纸罩，顺着细细长长的电线吊下来，悬在头顶上方。整个屋子很昏暗，坐在这里吃饭，看不清我脸上的痘。

我的脸颊两边，均匀地分布了一些绿豆大小的痘印，暗灰色，粗粗看上去，像是脸没洗干净。这没有问题，抹上一层薄薄的粉底就解决了，我苦恼的，是那些痘印之上冒出的新痘。那些痘生猛，锃亮，颗颗饱满，什么粉底都盖不住。

我把那些痘掐破，挤干净，这样它们就不再鼓着了。抹完粉底液，我用新买的强效遮瑕笔去点涂它们，再用指肚匀开，最后，往整张脸上扫一些散粉。出门前，我再三确认，镜子中的自己，面部白净，光滑，看不出任何瑕疵。

店里人不多，除我以外只有一桌人。我选的座位背光，靠窗，简直是完美，闻着邻桌的肉香，我跃跃欲试。

等了一会儿，他就来了。带着比我迟到的拘谨，他像打了鸡血似的傻笑个不停，眼睛都眯起来了。我觉得，他比微信头像上面看起来更年轻一点，也许比我小三岁以上。

我们面对面坐着，一小眼一小眼地打量对方。我选的座位果然是好的，坐在这里，比别的座位更加昏暗些，显得人皮肤通透，五官柔和；另外，窗外的霓虹灯隐约映到面前的人脸上，还能制造出一种朦胧、梦幻的感觉。

我知道在他眼里我也是一样的，看他就等于看我自己，我感到放松。

"看什么？"我故意说。

"我在奇怪。"他说，"你这么好看，为什么那么不愿意见面呢？"

见面是他提出的。

他不是我唯一在聊的人。我的微信通讯录上，有很多个他这样的人。我跟他们像"模拟人生"里面的男女朋友一样，每天只是通过手机，给对方一点安慰，再索取一些。有一些人，我们聊完了，榨不出新东西了，就不会再聊了。有了新的人，就把他们换下来。

但是他是例外。他似乎刚刚大学毕业不久，精力旺盛，好像永远都榨不干。他时不时地给我发照片："这个菜我做的，怎么样？""看，我和朋友在打架子鼓呢，想看我表演吗？""这个楼造型奇特吧，我每天上班都路过这里。"

"是噢。"我松散地回他。

"我想你了怎么办？"

"自己撸！"我并不接腔。

"不能见面吗？"

"不能。"

就这样过了一段时间，有一天我独自醒来，那个纠缠我很久的心愿再次涌上来，把我缠得透不过气。

我掏出手机，微信上面首先是他的三条未读消息，我听也没听，就噼里啪啦打字："你想什么时候见？"

这会儿，他专注地盯着小火炉，不停地给那些雪花牛小排翻身。那些肉发出吱吱的声响，很快就由粉色变成了灰色，油缓缓地渗出来。我发现，他的五官特别清楚，每一个器官之间的距离也恰到好处，属于那种并不出众但是也没什么可挑剔的长相。而且，和大多数年轻男孩不同，他的衣领啊，袖子啊，发根啊，都很干净，没有任何异物。

他给我夹了一块肉，我蘸蘸酱放进嘴里，肉很香。

我们没怎么说话，但是整整吃完了一盘大份的雪花牛小排，他兴致很高，又叫了一盘。我们没有点这家店的招牌米酒，我不会喝酒，而他看我喝的是橙汁，也体贴地点了一杯一样的。我喝下一大杯橙汁，很快就往洗手间跑。

我觉得挺好的，一切都挺好的。我有些庆幸也有些沮丧，如果我没有痘，也许愿意跟他好好谈个恋爱。

但当我从洗手间出来，回到座位上，麻烦出现了。

座位上方一只硕大的灯管，不知什么时候亮了起来。

太亮了，餐厅里原本黑咕隆咚的几个角落，此刻都一览无遗，连一只苍蝇都藏不住。

他笑嘻嘻的，像在等待表扬似的：“我觉得这里太暗了，就把大灯打开了。”

“太刺眼了吧。”我低下头，慌张地去夹肉。

他环顾四周，认真地琢磨我的话。过了一会儿，他说：“不会啊，你是不是眼睛还不适应，过一会儿就好了。”

“好吧。”我说。

我暗暗搜寻了一圈，只有他的身后墙壁上有一排开关。如果开关在我这里，我可以二话不说把它关了，再慢慢找个理由。可是在他身后，我得绕到他面前，才能这么做。

绕到他面前，他就能看清楚我的脸。

我的脸上，补了一层又一层的粉底液、遮瑕膏和散粉。在强烈的光线下，便会显露出不均匀的质地。不久，烤炉的热气不断地喷到我的脸上，它们就会脱落一部分，下面那些痘，就会像这个餐厅里的死角一样，毕露无遗。

他兴致勃勃地去捣鼓那些剩余的生肉，把它们放到烤炉的篦子上，摆成一圈圈。

“这家店肉质不错啊，你挺会挑地方。”

我点点头。

碗里多了两片肉，有一片有点焦，又被他夹回到自己碗里了。

"吃肉特别解压，大四暑假我和同学去了一趟内蒙古，在那边吃了特别好吃的羊肉，不加任何调料，就很香了。对了，还有酥油茶，现在我们在市面上买的酥油茶，都不是正宗的味道。"

"是吧。"我点点头。

"不过东直门那边有一家西藏餐厅，他们家酥油茶也很好喝，有机会我带你去。"

"好啊。"

他停下了动作。也许是眼睛被熏得不舒服，也许是还想看得清楚一些，他从包里掏出一副近视眼镜，戴起来。

他戴起眼镜，我就看到他大学时的样子，生涩，青梆梆的，也许是数学很好，但是不敢主动和女同学搭话的那种。

我留意了一下，镜片不厚，应该不超过两百度，但还是给他增添了几分敏捷，似乎什么都逃不过那双眼睛。我用双手撑住额头，头埋得更低。

"你困了吗？"他注意到我的反常，手上还在忙活着。

我摇摇头。

"头疼？"他放下手上的东西，看了过来。

我摇摇头，始终不抬头，手也不拿下来。

"怎么了，哪里不舒服？"他关切的目光直逼过来，手伸到我额头前，犹豫着要不要摸一下，我一阵烦躁，甩开了他的手。

我们都有点傻了，沉默着。最后几片雪花牛小排在篦子上吱吱响着，慢慢失去水分，蜷缩着。他不解地盯着我，而我盯着慢慢散发出焦味的牛小排。

我能感觉到我脸上的粉底也在慢慢失去水分，变干，我想象着我脸上的变化：痘痘表层结成小颗小颗的粉痂，掉落下来，暴露出痘痘本来的颜色，暗红色，痘痘边缘那圈干裂的皮往外张开，而痘痘破口里面，因为填满了粉底和遮瑕膏，形成了一个惨不忍睹的实心圆。我很清楚那是什么样子，上回就是这样。而这一切，现在都在他的眼皮底下，肯定超出了他的理解范围。

过了一会儿，他问："是不是我的话题太无聊了？"

"不是。"真的不是。

"对不起啊，我其实挺闷的，我以为吃的话题比较让人好接受一些。"他满脸沮丧。

"没事，"我说，"我们走吧。"

二

他订的宾馆就在附近。

我们一前一后，走在人行道上。我把他甩在身后，并不回头去看他。他竟也配合着，不追上来也不搭话，像个做错事的孩子。

空气里面全是冬天夜晚特有的那种味道，凉丝丝的，有一点点甜，有一点点呛人。

我觉得挺好的，一切都挺好的。如果我没有痘，也许愿意回过头去亲吻他，我们可以谈个不错的恋爱。

那个微乎其微的渴望再次涌上来，缠得我透不过气，我决定再试一次。

我回过头问他："怎么走？"

我径直冲进宾馆的卫生间，没有犹豫，打开水龙头开始洗脸。

没有抬头看镜子，那太残酷了，我只是洗脸，双手在脸上狠狠地搓，然后看着乳白色的水在洗手池里打几个旋儿，缓缓漏下去。

我打算洗干净自己，再从头到尾，精心仔细地化一个全新的妆。

我不想再放弃了，这次。如果没有痘，我有很多次机会可以和喜欢的人谈恋爱，一起睡觉，一起醒来，一睁眼就看到对方的脸，我们可以亲吻对方，再赖一会儿床。

再过两个月我就满三十岁了，我渴望的一切都渐渐褪色，变得可有可无，只有和喜欢的人一起醒来、赖一会儿床这件事，反而在我的想象中越来越生动鲜艳。我想再试一次，如果还不成功，那就算了。

其实，原本我也是那种货真价实的美女。

我身材匀称，皮肤白皙，有一张瓜子脸。我的眼睛不大但眼仁乌黑大颗，双眼皮，睫毛浓密，看上去毛茸茸的，现在很少成年人有这样的睫毛了。我的嘴巴小小的，窄窄的，但是肉感，饱满，而且常年像涂了口红一样红，牙齿也异常地白。

上高中时，我们的语文老师是个大学刚毕业的小青年，他在讲到"唇红齿白，云鬓蛾眉，秋水盈盈，嫣然含笑"的时候，特别地看了我一眼，接着，全班同学都顺着他的目光看向我，开始起哄。

只是，当时我一点也没发现，那就已经是我的巅峰时期了。自那以后，那种漫不经心的美丽就离我越来越远。

长痘就是高三暑假的事。好像是一夜之间长出来的，先是额头上密密匝匝的小脂肪粒，然后是嘴唇上方几颗豆大的红包，很疼，然后，就是脸颊两边了。所有人都告诉我，你只是压力大，很快就会消下去，我也告诉自己，很快就会消下去。

大学时，我交往了第一个男朋友，我也告诉他，这是暂时的，我只是最近生物钟不规律，调整过来，脸上的痘就好了。

有一天，我们俩在宾馆一觉醒来，他睁着蒙蒙眬眬的睡眼，被我吓了一跳。"你怎么这么多痘？"

我用被子蒙住脸，安慰他："没关系啊，我买了祛痘药膏，应该很快就好了。"

"这句话你说了无数遍了。"他说。

后来我开始化妆。

一开始，我只是想遮住痘痘，内心我还是想治本。我早睡早起，时不时去跑步，周末报了瑜伽班，戒掉了辣的食物，看中医喝中药，搜遍淘宝销量靠前的治痘药膏，一一买回来试用。只是，每次去见男朋友，我都得化个妆，睡觉也不卸妆，晚上调好第二天的闹钟，早上在他醒来之前去卫生间补妆。我的男朋友，再也没有抱怨过我的痘痘。

这样一来，我的痘痘不但没有好起来，反而越来越严重。我只得不停地化妆，眼睁睁看着它们愈演愈烈，再往上补更厚的妆。

卫生间门外安静了下来。

我要动作快一点。我把手伸进包里，掏出我的化妆袋，我要先涂面霜，保湿精华，再涂上妆前乳，做完这些步骤，才可以化一个无懈可击的妆。于是我想起，出门匆忙，这些东西我通通都没有带。

我环顾四周，哪怕有一支最简单的大宝润肤露也好啊，可是没有。

如果不先保湿，而是直接上妆，妆容就会迅速变干，痘痘爆皮，再次发生刚才的麻烦，我已经没有力量再经受一次打击了。而不化妆，我是没办法走出这扇门的。

我回过头，呆呆地看了看镜子，那张脸，没有一处是完整的皮肤，脸颊和额头密密麻麻，布满红色的疙瘩，那是那些被冷水刺激起来的痘印，而戳破的那些新鲜的痘痘，也许是因为粉底的作用，破口里面开始糜烂，渗出颜色诡异的液体。如果这是一张天花患者的脸，那么再正常不过，可这是我的脸，我此刻的样子。

卫生间门外响起电视的声音，也许是什么热饮的广告，反复在说"暖洋洋，喜洋洋"。

我蹲下身来，手指在地上乱画。地上铺满雪白的瓷砖，瓷砖上淋了一些水滴，我用那些水滴画画，我想画一头大象，但是试了几次都没有成功，水总是自己淌开。

　　偶尔能听到他在外面走动的声音，他始终没有问我些什么。我想象他的状态，也许是等急了，躺在床上看电视，或者玩手机，也许想要离开了。他会以为我在干什么呢？

　　不知过了多久，门外恢复了安静，电视好像也在我没留意的时候被关了。我的腿和脚很麻，我知道我不可能在卫生间里躲一辈子，我艰难地站起身，等待腿上的麻劲过去，然后，打开了门。

　　他已经睡着了。这时我才注意到他订的是一间两床房，他在远离窗口的那张床上躺下了，也许是觉得女生都比较喜欢窗边。他仰面平躺，睡姿规矩而拘谨，好像打算随时醒来。

　　我蹑手蹑脚地走出房间的门，下楼，奔向便利店。

三

　　我主动钻进他的怀里。

　　我回来时他还没有醒，这会儿好像被我吓坏了，他盯了我很久，才敢确定似的。随即，他温柔地搂住我。

　　而我，早早化好了妆，并且把房间里的大灯通通熄灭，只留下一盏微弱的床头灯。

　　化了妆的我，又恢复到我最美丽的样子。我面部白净，光滑，看不出任何瑕疵。我大胆地抬起脸去和他对视，我亲吻他，泄愤一样对他施展一个成熟女人的魅力。

可是他挡住我动作着的手，他说："我太困了，可不可以就抱着你睡觉？"

"好吧。"我松开。

"对不起啊，你不要多想。"

"不多想。"我转过身，背对着他睡下。

本来我想要的就仅仅是一起睡觉，一起醒来，一起赖一会儿床。

我尽量不让被子碰到我的脸，以免弄花我的妆，早上起床太过尴尬，他在身后扳我的肩膀，想让我和他面对面，但我突然没力气翻过身去，也许刚才下楼找润肤露耗费了太多体力，也许我也困了，我没有回头。

"我挺喜欢你的。"他迷迷糊糊地说。

"嗯。"

"刚才我以为你不回来了。"

"嗯。"

我们松松散散地说了不少话，到最后自己也听不清自己在说什么。我已经很久很久没有和异性睡在一起了，陌生而年轻的身体发出的热气，此刻让我觉得有些晕眩，不真切。而他频频在睡梦中伸手搂住我，又让我确定这分明是真的。

我做了一个梦，梦见我一觉醒来，我的初恋男朋友回来了，他坐在床头盯着我，我惊叫一声去摸自己的脸，奇怪的是，我的脸光滑，平整，我的意念从我面前看自己，那张脸没有化妆，白净，通透，没有一颗痘痘。我的初恋男朋友跟我说，你不知道你有多美。

我哭了，很快，我就把自己哭醒了。宾馆房间里一片死寂，阳光白得刺眼，除了我以外，空无一人。

我知道会是这样，每一次都是这样，越是想象得太过生动的事情，越是不可能实现。也许我很早很早就该死心了。

我打开电视，看了半集《甄嬛传》，过了一会儿，还是没有人来敲门。我收拾好东西，退了房。

回到家后，我收到了他的微信。他说："你已经走了吗？"

我没有回。

"我出去买了点吃的。"

我没有回。

过了很久，他又发了一条："是不理我了吗？"

"是的。"我回答他，"我对你没感觉。"

03．手机里的男朋友

一

每天晚上，我都要在阳台上和男朋友腻歪那么一会儿。

我给他展示我新买的睡裙，黑色丝质，手感柔软，我让他摸一摸，"是不是很舒服？"我给他闻我的香水，淡淡的水果味，以椰子的甜香收尾，"这是我最喜欢的味道，"我问，"你闻到了吗？"

我的男朋友，平时是个挺温和的人，到了这个时间，却变得粗暴起来。他没有耐心听我说完，就直接扯开我的睡裙，亲吻我的脖子，伸手往我的身体里探。"受不了了，"他说，"我可以要吗？"

对此，我既反感，又喜欢，所以一边挣脱，一边又享受其中，在这种复杂交织的情绪里，我们汗津津地纠缠在一起。

有时候，手机发出没电的警报声，一次，两次，"再咬你一下嘴唇就挂啊。""我咬到你舌头了。"于是，我们又咬了一会儿嘴唇，又咬了一会儿舌头，终于耗到手机彻底黑屏，再也发不出声音。

阳台栏杆边立着一株巨大的滴水观音，是房东留下来的，人蹲在旁边，焦黄的叶子垂在头顶，这里就是信号最好的地方。我每天都要在这片叶子下面，和男朋友打长长的电话，发很多很多微信，在手机里面完成很多事情。

这会儿，人被丢进猝不及防的沉默里，身上并没有什么睡裙和香水，成群的蚊子绕着头顶飞旋，腿也已经麻了，半天站不起来，心里却感到如释重负的充实：这一天终于没什么指望了。

我平时的生活，就是在公司把一沓读者调查表分别夹进一堆新书里，再把这些书套上塑料膜，下班以后回到租来的房间里睡觉。

说起来，男朋友就是我全部的指望。早上到公司以后，我把耳机塞进耳朵里，点开微信里那个熟悉得不能再熟悉的头像——他在夕阳下逆着光的剪影，开着聊天窗口开始工作，就能随时听到男朋友钝钝的、感冒一样的声音从耳机里弹出来，就能切换到一个昏昏欲睡、舒服得多的世界。而我也随时随地张口就对他说话，"跟你说啊，我遇到好玩的事情了"，"跟你说啊，刚刚好诡异"，那些"跟你说啊"的事情，也不过是我的同事出了什么丑，办公室里闯进来一只猫，下雨了。更多的时候，我们什么也不说，只是"嗯"，"哎"，或者懒洋洋地打哈欠给对方听。

不就像在身边一样吗？

坐在我对面的女同事，有一次旁听了一下午我们一来一往的对话，很不理解。"这样的恋爱谈得有劲吗？"她说，"我是打死也不会异地恋的。"

她是那种第一眼看上去就很美的女孩，并且指甲尖是要每天打磨上油的，只可惜交的男朋友大多人品有问题，所以她总是前脚秀恩爱，后脚就哭兮兮地失恋，指甲把对方的手臂抓得稀巴烂。

"有劲啊。"总归要比你那些男朋友好无数倍。我想。

我的男朋友，就是我能想到的最好的人。

我们一年前在共同朋友的聚会上匆匆见过一次，他腼腆地坐在角落里喝东西，很少主动说话，有人和他说话，他才礼貌真诚地回应起来。那个样子一直记在我脑子里。之后我们在微信群里互加了对方，在网上的聊天中迅速成了恋人。

他善良，习惯换位思考。早上醒来一摸手机，肯定满屏幕都是微信提醒，打开来都是他手打的甜言蜜语，大段大段的，他知道这会让我开心，所以一点也不吝啬这样的坚持。任何时候我生气，他都会花很多很多耐心把我哄好，永远不会说狠话。

他慢吞吞的，有点木讷，跟任何人都吵不起架来。有时候，我觉得他是土的，穿一件高中生才穿的纯黑运动装上下班，微信朋友圈里经常转一些前几年流行的笑话。关于这一点，想到我在盘点他的弱点而他毫不知情，还像往常一样跟我说话，就觉得他格外无辜，因而心软和愧疚起来，从腹部涌上一阵刺痛的热流，直抵心脏。于是这些又都不算问题了，反而成为我想要更加爱他的动力之一。

这样看来，他简直是一个无可挑剔的男朋友，有着必要的优点和必要的缺点，如果非要说有什么问题，也就仅仅是见不了面吧。

何况，就连这一个问题，也很快就不是什么问题了。

二

"下个月底出差要在你的城市转机，"他激动地告诉我，"我们大概有半天的时间在一起！"

接着，我们花了整整一个礼拜计划那半天要干什么，每一天都像两个打了鸡血的傻子，在分享吃喝玩乐攻略和突发奇想中开始和结束一天。到头来我们发现，那半天的每一分钟都被安排满了，根本就不现实啊。

但其实我的心里是踏实的，不慌不乱，因为我很早很早就开始准备了。

有一阵子，我妈来我租的房子里，替我打扫卫生。她打电话到我公司里来问我："女儿，你的家里怎么到处是垃圾，我替你打包好扔掉了啊？"我一阵警惕："什么东西？""就是很多健身房的什么卡啊，游泳馆的签到牌啊，还有什么烘焙会员，你又不去这些地方……""放下来！"我马上打断她，"不要扔，一个也别扔！"

她当然不知道，那是我费了很多心思收集回来的。

我不运动，但是在和男朋友的交往模式里，我是爱运动、精力无限的。我接他的电话前，不是刚游完泳回来，就是刚打完网球回来，一身臭汗，我还让他闻闻。所以，每隔几天我就陪同事去健身房走一圈，捡回几张废弃的课程签到卡，把它们丢弃在我家里的各个角落。

除此以外，我还从报刊亭里买回来成捆成捆过期的商业报、英文时事报，把它们捣鼓成七零八落、看透了的样子。这个并不在我们的交往模式里，但是我觉得它们能让我看起来神秘一些。

如果可行的话，我甚至考虑学一点浅显的小语种，等到和他在一起的时候，用别的语言给朋友打电话，漫不经心地聊几句。有一阵子，我每天都在琢磨这个事，上班的时候，我跟着网站视频里念几句法语，因为代入的是生气的情绪，又太入戏，所有同事都在饶有兴趣地看着我，像在看一个神经病。

自然，我也没有停止过购置一些得体的新衣服，一些又可爱又有质感的配饰、内衣、睡衣、袜子，甚至发带和指甲油。其实，只要稍加留意，从头到脚，都有可以花心思的地方，而越是细节上花的心思，越是容易反映一个人生活品质是什么样子。

尽管之前并不知道什么时候会见面，但总有一天会见面，这是肯定的。就像一手打造起一个完美的布娃娃，我在一点一点，拼凑起一个理想的自己，等待时机成熟，就把她推上舞台。我只希望，等到他来检阅我的时候，会发现我的世界是丰富的，有很多经得起回味的内容，而不是只有他。

也有过那么一两次，我们闹分手，决定再也不见面了。

提出分手的必定是我，原因没有别的，他的手机突然坏掉，或是不小心睡过去一整天，要么，干脆只是忘了开手机，仅仅这样，我们就彻底失去了联系。对于异地恋的人来说，失去联系就是人口失踪，就是世界末日，就是一切可以想到的最坏的事。

在那样的时候，我只能手捧着手机，眼巴巴地看着他的微信头像上那个熟悉的剪影，等着它右上角突然冒出一个红色的提醒数字。如果消息一直不来，我会怀疑是办公室信号不好，便握着手机举到窗外接收信号，一直举到手臂酸痛为止。这种时候，对面女同事没有意见，我自己却要发问了，这样的恋爱真的有劲吗？

"我们永远不要见面了，也一个字都别联系了！"后半夜，在他惶恐地重新出现时，我恶狠狠地打下这样的字，然后就关了机。

但是接着我就傻了。不联系他，我还能干什么呢，那些一模一样的读者调查表，那些一模一样的书，光是想想就让我有撞墙而死的冲动。我看着房间里一堆堆崭新的睡衣、裙子、袜子，甚至一双可有可无的丝绒手套，惊恐地发现，准备和他的见面就是我生活中最愉快的部分，就是支撑我不绝望地度过每一天的全部梦想啊。

所以，当我重新开机，毫不意外地看到满屏幕消息提醒，看到他大段大段声泪俱下的道歉、解释和承诺时，我马上就哭着原谅他了。我们根本就是两个绑在一起的苦命鸳鸯，早就没法离开对方，独自应对那么寡淡苍白的世界。

这会儿，他在微信里面欢呼着倒计时，"还有十二天就能见到你啦"，"还有十天啦"，"七天啦"，"五天啦"。

我把QQ空间里面一篇名叫《情侣之间要做的100件事》的日志复制给他，并且在里面标注出了我们在时间允许范围内，可以做的十件事：手牵手逛街，当街接吻，分吃一个冰激凌，一起坐摩天轮……那最后一件就是一起去宾馆开房，然后关掉手机，度过一段只有两个人的时间。

每天晚上在阳台上和他打电话，内容已经变成了彻头彻尾的见面场景彩排。第一句话说什么，怎么开始接吻，怎么抱我，又怎么在街头打情骂俏地推搡，细致到推搡的力度、位置，我们都怀着新奇——来一遍，最后，男朋友就拉我进了宾馆。

吱吱的电磁波那边，另一个昏暗的地方，我能感觉到男朋友汗湿的手掌、胸膛，它们贴近我，向我传递滚烫的兴奋。男朋友意识模糊，慢慢拱向我的身体，感冒一样的声音，开始在耳边呼呼噜噜，接着，他就进去了。

"见面就好了。"他说。我们各自精疲力竭，揉着酸痛的手指。

其实也就是几个小时的事情，明天中午就能见面了。我的男朋友，善良的，慢吞吞的，有些木讷的，但是亲热的时候是滚烫粗暴的男朋友，电话里无数个吻，无数次抚摸的手指，无数滴汗，都会化为摸得到碰得着的存在。

"见面就好了。"我喃喃地重复道，腹部再次涌起一阵刺痛的热流，直抵心脏。

三

约定的地点是地铁站门口，一会儿，男朋友就是从这里走出来。

我提前一小时准备就绪，连衣裙是新的，凉鞋是新的，内衣是新的，手链是新的，就连指甲上的指甲油也是新的。就像过年的小孩穿戴全新去拜年，我看着地铁站门口玻璃中的自己，有种脱离实际的隆重的好看。

地铁站的电梯不断输送三三两两的人上来，我警惕着那个方向，一边对着旁边的玻璃墙整理刘海。因为刘海也是新卷的，一不留神它们就会从中间岔开，呈现出一个尴尬的"八"字，所以，要不停地撸顺它们。

天气还好，虽然是夏天但不是很热，只是有一些知了在吵。等了一会儿，男朋友还没有到，我从包里掏出口气清新剂，往嘴里反复喷了几次，确保万无一失。又等了一会儿，我开始猜测男朋友对我说的第一句话是什么，他会什么时候亲我。想到这里，我开始模拟对他说话的语气，防止到时不知所措。

"谁让你亲我的，"我对着空气撒娇说，"凭什么？""烦啊。"回味了一下，觉得通通不对劲，干脆什么也不说，只是羞涩地抿嘴笑起来，但马上，又开始担心笑得有些做作，回过头凑近墙上的玻璃，重新练习几次。

这时候，身后有人抱住了我。

我愣了几秒，猛然弹开，嘴里也不轻不重地带出了一句："神经病啊。"

"吓着你了吗？"一个年轻的男人走到我面前，满脸笑容，"不好意思啊，我想给你个惊喜的。"

我抬头看向这个人，慢慢缓过来。他比我印象中要高一点，精神一点，背着一个双肩包，整个人腾腾升起一种积极的、阳光的气流。"哦，没事的。"我说。

我们客气地友好了几句，走到路边打车，他开始有一搭没一搭地说话。我的脸色一定难看得吓人，倒不是真被他吓着了，而是，我一刻也不停地在猜测他是什么时候到的，在一旁看了我多久，看到了什么。越想，我就越难给他好脸色，只得沉默着。

"我们去路口那里打车好吗？按我们的计划是先去摩天轮，对吧？"他说，脸上的笑容恰到好处，声音没有了平时被微信滤过后的朦朦胧胧，更显得干净利落。我点点头，跟着他往路口走。

在他身后，我有意无意地抬眼观察他。他没有穿运动服了，而是一身简单的白 T 恤和米色休闲裤，鞋子倒是慢跑空气运动鞋，最新款的，背包是登山包，鼓鼓囊囊，头发也许刚理过，又做过发型，整洁得体。怎么看，他都是比较开朗又受欢迎的那种人，我盯了很久，在心里努力把他和我的善良的、慢吞吞的、有点木讷和土的男朋友对应起来。

"来吧。"他突然停下来，把手伸向我。而我显然还没有成功地把他和男朋友完全对上，愣在原地，僵住了。过了一会儿，他终于不露声色地放下了手，体贴地让我走在前面。

走在他身前，我纠结着刚才是不是伤到他了，太莫名其妙了啊，明明这就是我每天都苦苦盼着见面的男朋友，现在他就在我身后不到一米的地方。想到这里，我竟然又开始担忧他正在身后观察我，像我刚才观察他一样。每次在公共场合被别人盯着走路，我的走姿都极其不自然，恨不得爬着走掉，现在我的走姿也会不自然吗？这样一想，我几乎不太会走路了，右脚明显绊了左脚一下，整个人顿了顿。

"怎么了，脚怎么不对劲？"果然，他问。

"嗯，受了一点小伤。"我漫不经心地回答。接着，就真的像个脚受了伤的人一样疙疙瘩瘩地往前走，直奔到一辆出租车跟前，没有给他继续发问的机会。

我们两个并排坐在出租车里，广播里响着相声，司机时不时发出阵阵开怀的狂笑，我和他也跟着轻松起来。坐了一会儿，我从手机里找出要去的游乐园的大众点评页面，翻摩天轮的照片给他看，"有点脏哦？"我说。他把手机接过去，看了几眼，又指给我看，"像兔子笼有没有？""不像啊。"我笑了出来，"神经啊，不像。"

我抽回手机，他却没有松手，这直接导致我往他的方向栽了一小截，而他顺势亲住我。

没有犹豫，他很快把舌头伸了进来，开始兴奋地搅动。我没有挣脱，静下来细细分辨这完全陌生的味道。舌头表面是凉湿的，也许刚刚被冰矿泉水浸润过，隐隐又闪过口香糖的苦甜，但这些都没法盖过那股抿嘴太久发酵出来的无精打采的浊气，我把脸别开。

坐飞机好几个小时，不开口说话，嘴里会有味道，为什么会有人连这样的常识也不知道，还要直接把舌头伸过来。并且，究竟凭什么觉得刚见面就抱别人是惊喜呢，也太不见外了吧。

也许是觉得这样比较亲昵，他拍了一下我的头，说："小丫头很害羞啊。"就这样，我好不容易维持的平静，又被这个突兀的举动彻底击碎，我能感觉到我的脸瞬间拉了下来。

车子颠了几下，才发现堵车堵得厉害，根本就没有走多远。相声还在继续聒噪着，我们眼看着时间一分一秒跳动，半小时过去了，一小时过去了，各自沉默下来，再也不说一句话。

我想起前天晚上，我和男朋友在电话里预演的那些事，想起无数个日日夜夜，我们开着微信一起吃饭，一起上班，一起睡觉，一起醒来，数着倒计时盼着见面，当时肯定一点也不知道，最后会是这样尴尬万分地堵在出租车里。

在我感觉要永远困在这里时，司机终于开口建议我们，游乐园还是别去了，等我们到了那里，也已经关门了。我们两个沉默了一会儿，发现半天也已经过去一半了，他小声提议直接去最近的宾馆，做最后一件事，我没有表态。

在宾馆的大厅里，我坐在沙发上等着他去前台办手续。我盯着他的背影，想起每天在电话和微信里的男朋友，那个温和的、慢吞吞的、有点土气，但是亲热起来有些粗暴的男朋友，那个感冒一样的声音，滚烫的吻。越想，我就越觉得跟眼前这个人没什么关系。

是哪里弄错了吗？我会不会认错了人？还是说，从一开始就弄错了，也许在那个朋友的聚会上，我根本就是看到了一个人，而加了另一个人的微信？

慌乱中，我走出了大厅。

我漫无目的地乱走，最后钻进一家咖啡馆的卫生间里，鬼打墙般乱转了几圈，终于成功坐到马桶上，脑子里一团乱麻。这时我收到男朋友的微信："你在哪里？"

是那个熟悉得不能再熟悉的头像，声音也还是那个感冒一样朦朦胧胧的声音，我猛然惊醒，像是抓住了救命稻草。"跟你说啊，我遇到奇怪的事情了。"我说。

一年以来的那么多日日夜夜，遇到任何事情，我都是这样，点开他的头像，告诉他，跟你说啊，我遇到一个什么样的事情了。那么，任何问题都能化沉重为轻松，走向一个安全的出口。

男朋友的电话马上打进来："怎么了啊，你在哪里？"

"对不起。"我的眼泪突然流了下来，"对不起，你不要怪我。我刚才差点跟别人开房间了。"

"你在说什么啊，你不是一直和我在一起吗？"他说。

"对不起。"我泣不成声，鼻涕也流下来了，"你不要生我的气，我已经逃出来了，刚才我好无助。"

男朋友又问了几遍我在哪里。"求求你不要问了。"我近乎哀求地对他说，"可不可以像平时一样就在电话里跟我聊聊天，什么也别问，只是聊聊天？"

他没有说话，过了很久，他轻叹一口气："那好吧，我陪你聊聊天。"

男朋友像往常一样，在电话里吻我，拥抱我，和我亲热，是我熟悉得不能再熟悉的汗湿的手指，滚烫的嘴唇、胸膛，感觉到那个真正的男朋友又回来了，我慢慢恢复了平静，破涕为笑。

不知过了多久，我醒了过来，才发现自己就这样坐在马桶上握着手机睡了过去。手机上有一条微信，是男朋友发来的："飞机要起飞了，你回家好好休息。"

"你还会一直陪着我吗？"我问。

"会的，我一直在这里。"他说，"你打开手机就能看见。"

04. 真相

我坐在大巴车里，等着去参加初中好友的追悼会。

空旷的车厢里，没有第二个人。我很满意，在我看来，第一个到达约定地点，无异于低调地向其他人强调着，我和死者关系的特别。我稳稳实实坐定，就像个体恤的主人，打开微信群，浏览着还堵车在半路上的其他老同学的抱怨。

好友叫周晴，初中临近中考那几天，莫名其妙被勒死在学校附近的公园里，尸体裸露着，竖在废弃的摩天轮支架上绑了一夜，第二天被打扫的清洁工解下来，凶手至今不明。十五年过去，她的名字上了报纸，上了电视，上了无数次网络搜索头条，成为一个著名的悬案。至今，我总是看着电视刷着微博，就看到她的照片。

坐了一会儿，就远远看见当年的学生会主席，架着一台简易摄像机，一边拍一边走上车。"我们将乘这辆车一起前往周晴的老家，参加周晴同学的十五周年忌日追悼会。"他用标准的新闻腔，对着摄像机介绍道。等他走近了，我才注意到，他穿着一件滑稽的红色马甲，前后印着几个黄色的宋体字：周晴慈善之行。

我并不奇怪。社会上，以好友命名的各种慈善活动、正义小组并不少见，前不久，甚至还冒出一个"周晴公益基金"，说是要筹款专门用于这一类悬案的调查研究。对这些，这个学生会主席向来是积极参与的。他虽然已经年过三十，却和中学时一样，对集体活动有着几近亢奋的热情。他把摄像头对过来，让我说几句，而我并不想搭理他，只是打了个招呼，匆忙把脸转向了窗外。

过了某个时间点，那帮初中同学就都到齐了。其实每一年，大家都会聚一次会，平时的微信群里也消息不断，话题除了叙旧和互通有无，自然也少不了回忆周晴，或是分享案子的新动向。进入社会以后，大家都和高中、大学同学联系渐少，反而和初中同学热络不减。我感觉这些年以来，周晴的去世，把大家紧紧地拢到了一起。这会儿，车厢里马上流动起各种熟络的招呼声，倒像是一起郊游的同事。

天气还好。春天的样子刚显露出来，太阳不温不火，车子一路往郊区深入，有几扇窗开着，进来的也都是暖风。"到底是怎么回事呢，明明前一天还在准备中考。"跟我隔着一条过道的女同学开了口，"我们一起回家，一人买了一瓶汽水，急着回家写模拟卷子，一切都很正常，第二天就那样了。"

说话的女同学叫吴梦，当年跟周晴上学放学同路，虽然没有人亲眼见她们一起走过，但是每次同学聚会，她都会感慨地提起那段路程。"我到现在还记得，那条路有几个上下坡，树多，便利店多，我们两个总是停下来，在全家买关东煮吃。"

她的邻座问她："周晴出事前没有什么不对吗？""没有的。"她若有所思，接着补充了一些细节，"她还说问我借一本辅导书呢，我让她第二天去我位子上拿，她挺开心的，真是一点也没感觉到，最后会出那种事情。"

上一回，在同学聚会的饭桌上，她补充的细节是周晴要到她家去，一起看一个电视剧，两人商量许久，决定作罢，等月考结束再看。她惋惜道："我哪晓得再也没机会一起看了。"上上一回，又是周晴要跟她去江边吹吹风。

每一次当她说起这些的时候，所有人都盯着她，不发一言地听她说完，一边啧啧惋惜，似乎这些细节提醒了他们，周晴也曾经是一个活生生的人。而他们的反应，又鼓励了吴梦继续往下说，一直到聚会结束。

这次也一样。她似乎是精心搭配了衣服，乍一看并没有什么特别，但是衣服的设计耐得住细看，处处埋伏着亮点，头发也做过，看起来俏皮而年轻，脸上却披着不多不少一薄层悲伤，所有人都全神贯注地听她，也看她。

我注意到，只有一个人，对这边的情况并不关注，一脸置身事外。他姓朱，是周晴的同桌，坐在后面靠窗户的一个座位上，不发一言，也许因为不怎么出席之前的同学聚会，显得生疏，没有人与他说话，他也不搭理任何人。但是，我还是把他认了出来。

在吴梦说话的时候，学生会主席一直举着摄像机，在拍。等她说完了，他就把摄像头转向了我。"你有什么线索吗？"他叫了一下我的名字，"你和周晴关系也是很好的。"

我当然和她关系很好。我们曾经做了很长时间的笔友，无聊又寂寞的初中时光，我们通过信纸，把自己毫无保留地倾吐给对方，没有人比她更懂我，也没有人比我更懂她了。可以说，今天将要到场的同学当中，没有比我更为她的死而遗憾的了，包括吴梦。所以我说："我早就感觉到了。"

我本来不想说。进入社会以后，繁复的人际关系使我觉得吃力，我逐渐养成能避免和人交集就避免的习惯，每一次同学聚会，我都不会多说。何况，我总觉得那是我和周晴两个人的事，我只会在一个博客里，日复一日写信给她，像那个时候一样，把我的心事倾吐给她，作为一种精神寄托。

但这次，我看了吴梦一眼，决定开口。"我们是笔友，什么都会跟对方说的，没人比我了解她。她那阵子情绪有一点消极，好像有心事，可能跟这个有点关系。"我说。

人群一片哗然。他们肯定都看过我的博客，知道我们的关系，屏气凝神地等我说下去。

"但是她不像是有心事的人，也很少消极，她的死应该是偶然，可能只是碰上了神经病。"吴梦也看了我一眼说。

"应该还是有关系的，她心情不好，所以才大半夜跑去公园，看到了什么事，或者得罪了什么人，也许就是认识的人。"我说。

"我天天和她一起，还是很了解她的，她很开朗，你会不会搞错了。"吴梦并不罢休。

我们都觉得自己更接近真相，坚持着。人群有些迷惑，看看她，又看看我。我本来不想再说了。我说："天天在一起，也不一定就很了解。"

"就是说，写几封信就很了解喽。"她揶揄道。

"我和她是朋友，知己，当然了解。"我干脆说道。当然，我不说，所有人也都知道我们的关系。我没有说出来的是，"你并不是她朋友，朋友不会翻来覆去拿她生前的事来抢风头。"

"朋友，知己，那确实了不起。"她最后说，"你好像也没有别的朋友了吧。"

我没有再接话。在家里，在单位，在任何场合，我都是一个孤僻的成年人，但是没有人会说什么，他们都知道，我有一个最好的朋友，只是她死了，我就不愿意交新的朋友了，而并不是交不到朋友。

在我们的面前，是一片开阔的空地，很快又进入林荫，有人在劝和，我们各自扭头看向窗外，外面景色还是很美的，偶尔会闪过一片白色的花丛。

但我们的气明显都没消，当学生会主席架着他的摄像机，再次在我们面前晃动的时候，我们几乎同时爆发了："你够了吧。""有劲吗？"

我们都清楚，从中学起，他就屁颠屁颠、积极地协助警察调查周晴的案子，义务组建了各种论坛、活动，靠这个拿了不少品德奖励，大学毕业后更是依靠这些，美化自己的简历，拿到新闻工作。但我们似乎都不只是在骂他。

车子一路开向偏僻的深处，进入村庄，两边路上平房渐多，太阳还是不温不火。我们都不说话，均匀的颠簸缓和着车内的气氛，似乎刚才的紧张正在慢慢变稀。司机师傅松了松背颈说："快到了，还有二十分钟，你们可以计时。"

他显然忽略了我们这次行动，是以痛苦和遗憾打底，没人有心情跟他玩计时。越是接近目的地，车厢里就越是沉默。

过了一会儿，有个男生小声地提醒："如果她还活着，就是走这条路回家。"我们看向外面，两边都是人家，偶尔闪过一些散漫的家禽，地面上长满杂草和野花，我们想象着周晴以熟悉的心情看到这些。

"她死的时候太可怜了，身上一件衣服也没有，冻僵了，还有很多伤痕。"另一个人说。

"何止是可怜，简直是残忍，挂在那么高的地方，赤身裸体的，所有人都看到了，谁受得了这种羞辱。"

"凶手到底是谁呢，如果有一天查出来了，真应该把他千刀万剐，凌迟。"

最后一个说话的女生，坐在我旁边的座位上，她似乎哭了，身后有人安慰她，很快，安慰她的人也哭了。车里此起彼伏，全是抽泣和叹息声，一开始我觉得夸张，但那天的情景历历在目，我竟也忍不住有些哽咽。

余光中，我感觉吴梦颓然坐着，在流泪，泪珠完整地顺着脸颊往下落，她并不去擦，而是任其被新涌出的眼泪补充，形成更大的珠体悬在下巴尖处。她一定觉得这个样子好看吧，但明明我才是最应该哭的人啊，迟疑了一会儿，我便也酝酿了一些眼泪出来。

很快，我发现吴梦开始耸肩而泣，纤瘦的肩头一起一落，整个身子颤抖着，颇有些楚楚可怜的意思。至于吗，我想，怎么也不至于这样吧。我有些烦躁，擦干了眼睛。

"那个谁。"邻座突然问，"为什么就他不哭？"我和她周围的人一起转过脸，顺着她的目光看过去，她在看那位坐在窗边的朱姓同学。他依然面无表情，甚至戴上了连衣帽，屏蔽掉大家的声音，把自己隔绝在外。

"他不是和周晴同桌吗，为什么好像没反应？"邻座满脸不解。

"你要知道，世界上是什么样的人都有的。"她的身后，有人用阴阳怪气的声调回答道，"不然，也不会有杀人凶手了。"

几个人露出恍然大悟的表情，慢慢开始挖掘更多对他不满的地方。如何在毕业后再也不和其他同学联系，如何直接挂断同学会邀请的电话，如何在任何社交网络都找不到他的踪影。他们目光一致地凶狠，斩钉截铁地总结道，这通通源于他的冷漠，源于一种人性的恶。

大巴车停了。周晴的家就是这一路平房中的一座，看起来并无特别，因为已经有几个男同学，带着大家买的东西事先来探望过，招呼过，我们跟着他们走过去。她的父母在门口迎接我们，笑容拘谨，把我们引进家里，引进堂屋。

家里倒是不穷，家具是新的，电视机是新的，冰箱空调也有，她的爸爸说，是社会上的人捐赠的。他特别强调，前几天就有另外一批同学来看过，还硬拉硬拽请老两口去了大酒店，也打过钱，所以我们真的不必再买东西。事先来过的男同学或许是遭过推辞，悄声不屑，小学同学也能有那么深的交情？

堂屋宽敞，已经摆好照片，摆好我们买的花，安置好座位，大家坐下来，她的父母坐下来，摄像机也开好了，学生会主席开始主持。

"我们首先向叔叔阿姨致以最真诚的慰问，你们是最伟大的父母。"他说。他的脸上涌起阵阵激动的红晕，初中毕业典礼那天，他站在台上发表获奖感言，也是这个样子。"其次，向我们可爱、美丽、善良的同学和好友周晴，致以我们的思念和祝福。"

　　我们就自然地看向她的照片。照片裱在相框里，挂在墙上，并不是黑白的，却有着一样的灰色调。照片里的人是小女孩的样子，稚嫩，畏畏缩缩，似乎还是她儿童时候拍摄的，因而并不能立刻认出来。

　　他发完言，就是他身边下一个同学发言。我们每个人，都准备了长串的稿子，打印出来折在口袋里，或者存在手机的备忘录里。她的父母对这种事，似乎有些木然，并没有太大反应，只是看着我们进行下去。

　　我又去看她的照片，我打算细看一遍，找出一点她的轮廓。照片也许真的太久了，颜色有些晕染，但还是能看清楚她的眉眼。脸盘是小的，下巴有一些婴儿肥，眼睛不大但是很亮，鼻子和嘴巴该在哪里就在哪里，并不突兀，一张脸算得上标致而平淡，说是任何人的童年，也是可以对上一二的。我奇怪的，是她嘴角旁边那颗黑痣，辣椒籽大小，算不上大但是显而易见，我搜遍记忆，也找不到这一颗痣。

　　我的好朋友，有这样一颗痣，而我竟全无印象？这真的是她的照片，还是弄错了？甚至，我们根本就是找错人了，找到了另一个周晴？我想向身边的同学确认一下，一抬眼，就看到吴梦坐在身前，饱含深情地看着照片中的人，眼神如泣如诉，那必定是特别亲密的人之间才会有的。我马上住了口。

　　如果我问了，那么就表示我对周晴的童年毫无印象，但谁都知道，周晴是我最好的朋友，这肯定会让他们觉得莫名其妙吧。我只好像吴梦一样，饱含深情看着照片中的人。我想，应该不会搞错，地址是我们向初中的班主任反复确认过的，周晴就是这个周晴，照片应该也不会有假，她的父母就在这里。一切都是对的，只是我太久没有见她，生疏了她的样子，一定是这样。

我便在脑子里搜寻周晴的样子。隔了太久，初中的很多记忆都已经模糊，她的相貌也是。我按图索骥，从头开始梳理，奇怪的是，每次开始想她，我记起的只有那些信件上的内容，而她的样子，我试了很多次还是一片模糊。

我看向大家。他们还在发言，学生会主席不知什么时候用笔记本播放起了轻音乐，一个女同学在音乐中抑扬顿挫，她的声音富有感染力，很多人都听得入了神。他们都还记得周晴的样子吗？

我们发完了言，吃了饭，在周晴父母的百般阻挠下还是留下了东西和钱。临走的时候，她的妈妈领我们几个女生看她的房间。房间里的东西还保留着原样，我们看过了破旧不堪的奖状，码得齐齐的辅导书，床头几个简陋的玩偶，就开始看她的影集。

从小到大，从幼儿园第一张入学照到小学毕业照，竟然真的每一张都有那颗痣，而照片中的人，我通通没有印象。我不露声色，只是跟着大家往下看，接着，就看到了那张初一郊游合照。照片上方烫金着学校和班级的名字，那不是我们的母校，照片上的同学，也并不是我们。

我便想起她爸爸说起的，上个月来过的另一批同学，或许不是小学同学，而正是照片上的这些初中同学。我们这群人，真的认错了人，找错了地方，并且到现在为止还浑然不知？环顾四周，没有，并没有错，这是她的家，我曾经在三个不同的刑事新闻中看见过，尽管有些变化，但房子还是那个房子，她的父母也是她的父母，网上都是依稀搜得到的。哪里出了差错？

她的爸爸过来送我们，他的脸上或许有些疲惫，或许是不耐烦，他横冲直撞地问："你们是她转学之前的同学，还是之后的同学？上一回我就忘了问他们。"

人群安静下来，被他突然扔过来的、猝不及防的信息震住。我们被迫要去面对的，是一个久经回避的事实：周晴是转学生，初三的时候因为户籍的关系，调到我们班来备考。我们都以为自己已经忘了，早就忘了。但他丝毫没有在意我们的面如死灰，追问下去："都说是在自己班上出的事，是哪边呢？"

大家都沉默着，房间里只剩下呼吸声。我看向吴梦，吴梦也正在看我，我们的目光接触后，迅速弹开，像碰到了不该碰的东西，各自忌讳着。

我通通都想起来了。

我们和周晴，只是两个星期的同学而已。这两个星期内，她被安排在后排的一个空座位上，成为没人愿意与之同桌的、成天忙于制造各种混乱的搅屎棍朱同学的同桌，又被挡在堆积成山的辅导书和模拟试卷后，中考逼近，谁也没有心情绕过去看清一个陌生人的长相，去和她做朋友。说到底，除了她的同桌，这个班上没有一个人认识她。

我们也根本没有人见过她死后的样子，等所有人放学赶去，现场早就清理完毕了。但是十几年过去，我们就都见过了，都能在人前人后细致入微地描述当时场景，为她流下多多少少的眼泪。

离开的时候，太阳已经落山，她的父母把我们送到门外。不远处，朱同学在她家的周围踱步，时不时停下来，发一会儿愣。他安静的表情让我想起多年前，他跑来找我，吞吐地问："你和她是最好的朋友，能不能告诉我，她知不知道我喜欢她？"他满脸迷茫，像在寻求一个永远丢失了的答案。

　　远处的树和房子隐进暮色里，路上空无一人，几批瘦狗在相互追逐，村庄显出静默的面貌。他蹲下来，久久地抚摸那些草叶，像是要最后一次，抚摸到她的气息和温度。

05. 时空复仇计划

一

一觉醒来，我又站在了这里，和五年前一模一样。

我的头顶上，是女生宿舍楼前那棵粗壮的、刻满人名的桂花树，不会认错，我身上的衣服，也还是大学时每天跑步穿的那一套，四周到处是狂喜的人群，商量着如何彻夜庆祝明天的毕业，一切都没有变。

手机震动，是一条短信，"我正在跑过来：）"。发件人的名字，是我（后来）的丈夫，而此刻，我们似乎还没有恋爱、结婚，我只是在等他一起跑步。几乎可以确定，我真的回到了那个夜晚。

是我的悔恨意念太强大，导致祈求生了效？世界上真的有后悔药？我只记得昨天，我还在日志里恨恨地写上，如果再回到五年前的那一天，让我重新选择一次，我绝不会接受他，绝不会跟他在一起……而前天，大前天，我也写了类似的话。这一切，只因为丈夫不再爱我。

丈夫的变化是从几个月前开始的。如果非要找一个具体的节点的话，有一天他下班回家，毫无征兆地避开我的亲吻，也不再像往常那样，一进家门就抱住我，在我的询问下，才敷衍地轻搂一下。我想就是从那天开始，他不再爱我了吧，但当时我只当他太累了，没有在意。随后的几个月，丈夫再也没有主动碰过我，在他的眼中，我也看不到以往那种高浓度的爱意，尽管早就知道大多数情侣结婚后激情都会消退，渐渐转化为不痛不痒的亲情，但事情发生在自己身上，才知道这么难以接受。

我们曾经那么黏，一刻也离不开彼此，有时分开一小时就忍不住打电话，谁也不舍得挂断。我一度以为，我们可以一直这样好下去，好到死，侥幸在大多数婚姻规律之外。正因此，他的擅自离场才格外伤人，就像在舞台上配合默契的杂技搭档，有一方半途抽身，留下的那个必定摔得粉身碎骨。我留在空旷的舞台上茫然捂着伤口，心想如果可以选择，我宁愿这一切从未开始。

我静静站在那里，等着我的丈夫出现，无心去应付路过的打招呼的同学，也无心发掘穿越的新鲜刺激，只想着把握好这次意外的机会，狠狠心拒绝丈夫，因为就是在这一天夜晚，丈夫要对我进行那场感人肺腑的求爱，要对我说出那些他根本没有履行的诺言。

大学时的丈夫跑向我，慢慢开始减速，原地跑，等着我跟上去。大学四年，我们几乎每天傍晚都一起跑步，一开始是一群人，各个年级、各个系，自由组织，但坚持下来的人越来越少，到最后寥寥无几，剩下的人也就互相熟悉起来，留了电话每天傍晚约好一起跑，我和丈夫就是这样认识的，但除了一起跑步，好像也就没什么交集了。

啊，五年前的丈夫，连额头前一小缕翘起的刘海也回归了原样，皮肤要比现在紧致得多，五官也更清晰立体一点，时间对容貌的改变，平时浑然不知，猛一对比才发现这么明显。我细细打量，带着猎奇心，也带着汹涌而至的回忆。丈夫低着头，并不看我，也不吭声，只是茫然地站在那里，似乎被我盯得不太好意思。想到这时候的他还是那么忐忑不安地爱着我，那么不堪一击，我心里的怨恨立刻散去一半。"走吧。"我跟他说。

我们小跑到操场，接着，绕着操场开始慢跑热身，他始终和我保持一两米的距离，小跑在我身后。故地重游，每个角落都能捡起一些细枝末节的回忆，想到一起寒来暑往跑步那么长时间，一起分享那么多个日落时分，虽然极少交流，但一些模糊的好感，一些沉默的暧昧时刻，也不是没有，只是都不敢捅破罢了。此刻，隔着五年的时间回望，一切真是昭然若揭。

有几次我没忍住，回过头去看他，都撞见丈夫也正在看我，看得出神，仿佛满眼满口全是心事。记忆里的这一天，我们只是沉默地跑完了全程，简单道别，没有多话，我并没有回头去看他，也就从没发现他会从身后看我。以前他经常会这样看着我吗？

被我发现几次后，他便开始加速，赶在了我的身前，他跑得很快，马上又从身后追上了我，保持一定距离和我同路一小段，就又开始加速，如此循环下去。我想起丈夫结婚后，曾经告诉我，以前他每次跑得很快，都是希望快一点再遇到我，和我同路，但同路又不好意思太久，只好再次超过我。

我慢慢停下来，回头看着哼哧哼哧就要追上来的丈夫，原先酝酿好的决绝，狠心，也都瞬间软化下来。丈夫见我停下来，稍作犹豫，便也停下来走向我。

"这大概是最后一次一起跑步了。"他突然垂头丧气地说。

并不是啊，我想，结婚以后我们一起办了健身卡，每周去运动三次，除了跑步，还经常比赛游泳，看谁先游完100米。但我知道他并不只是在说跑步，大概是对晚上的表白没底吧。

"对吗？"他小声地追问，似乎答案很重要。

天色渐渐暗下来，夏天的风吹得人很舒服，我的丈夫就这样久久地看着我，眼里全是迷恋，我一定是太久没有被这么注视过了，正如我太久没有被深爱过了，我心烦意乱，原先的决绝、怨恨，通通抛在了脑后。

我凑上去吻了他。

二

当我再次醒来，几分钟的迟疑、打赌之后，才敢慢慢睁开眼睛，果然，一切又恢复了原样。

依旧是婚后那间卧室，那张床，那个不再爱我的丈夫，背对我而躺，用手机看一场球赛，也许看得入神，激动处会猛抖拳头，但是因为和我之间，还隔着大约一两个人的距离，我并不能感觉到那阵震动。就好像，我也感觉不到他的体温，他的气息。

刚刚发生的那些是梦吗？可是一切分明那么真实，夜晚操场上的风声还回响在耳畔，两腿上的肌肉甚至还在酸痛。

从什么时候开始，丈夫在床上的时间，都是和手机共度，除了睡着。不对，不如说在这个家里的时间，他都是和手机共度。让我联想到工作时偶然参与的一些沉闷的饭局，因为分秒难耐，只好在桌子底下不露声色地打起连连看。

那么，丈夫在家里也是同样分秒难耐吗？

但我还沉溺在刚才那个亲吻里，久久不愿意清醒过来，我伸个懒腰，趁着脑热一把搂住他，想要继续这场未褪的温柔——毕竟是同一个人。

"啧。"丈夫脱口而出的是这样一个发音，接着，他愣愣看着我，半天挤出一个礼貌而充满询问的微笑。

我识趣松手，回以一个"没什么"的笑，悻悻翻回去，心里暗自抽痛地回味那个发音。那是怎样的发音？被人踩到脚时，被疾雨淋湿时，一切被冒犯到的情况下，人可能会出现的下意识发声。

我打算解释解释这个拥抱的起因，我想跟他分享这场奇妙的穿越，告诉他："你知道吗，我做了一个好真实的梦，梦见我和你……"话未出口，就听见身旁传来背对着我的、均匀的鼾声。

但那是一个太安静的早晨，安静到我能听见他的睫毛和被罩摩擦的细小唰唰声，那是只有醒着的人才能发出来的声音。

梦彻底醒来。

几天后，情况更甚一些，丈夫干脆彻夜与手机厮磨，后半夜醒来，常常看见他的脸被映出一片光亮。每隔十秒左右，手机就会低声震动一次，每震动一次，就见丈夫慌乱而迫切地去回复，脸上漾出一丝甜蜜而兴奋的笑意。这样的神情，原来并没有从他的脸上彻底消失，只是不再会为我出现了而已。

爱情在我脚下垂死挣扎，求我搭救一把，而我爱莫能助，只能抱歉地摆摆手，任其好死不活耗着最后一口气。压倒骆驼的最后一根稻草，竟是一个曾经被我真心期盼了好久的发现：我怀孕了，已三个多月。仔细推算，它出

现的日子，确是与丈夫最后一次相拥而眠的那天，在那之后，我满脑满心只
是逝去爱情的痛苦，哪有心思去在意自己的生理周期。

　　只是这个孩子，来得太不是时候，仿佛半死的爱情尸身上新长出的疣体、
毒蘑菇，越是生长得鲜活灿烂，越是痛苦的延伸，怨恨的载体。

　　我突然仇恨起五年前那个夜晚，那些充斥"永远""一直""一辈子"
的誓言，那张被爱情的虔诚笼罩的脸，仿佛是一个个天大的笑话。

　　我该怎么办？把这个孩子生出来，让Ta在一个很可能残破的家庭里长大，
成为一个没有父爱或母爱的小孩，还是就此把Ta杀死在腹中？

　　对我来说都太残酷。

　　我打开日志，再次写下："如果再回到五年前的那一天，让我重新选择
一次，我绝不会……绝不会……"

　　我一日接一日地写，重重地写，确保每个字都蘸上我足够分量的悔意。
我相信有第一次就会有第二次，只要意念足够强大，那个魔法就会再次生效，
我就能重新拥有改写决定的机会。

　　我一定一定，要避免这一切发生，再也不让自己面临这么残酷的抉择。

三

　　我写了一个月。

一个月后的一天，我一觉醒来，奇迹果然再次发生，我又站在了这里。刻满人名的桂花树，跑步的运动服，狂欢的人群，一切都没有变。手机震动，依旧是丈夫的短信，"我正在跑过来：）"。

老天果真又给了我一次机会，还是说，只是重做了一遍旧梦？可这一切分明如此真实，指肚的螺纹丝丝可见，每一片树叶都能清晰对焦。

我暗暗下决心，这一回，我绝不会再陷进温柔的陷阱，白白浪费机会。爱情已死，新的痛苦正在子宫里生长，新仇旧恨交互，我如复仇女神般满脸冷酷，迎风站立，等着去杀灭一切痛苦的源头。

原本，我也可以马上就拒绝他，在他开口之前，断掉一切可能，直接扭转结局。可我突然想要再听一听那些坚定的誓言，再看一看那张爱意充沛的脸，当面嘲讽它们的虚伪、可笑，以弥补这段日子以来，丈夫带给我的伤害。

为了确保不出差错，顺利等到丈夫的表白，我细细回忆五年前的这一天，大致干了些什么，再原原本本，按照顺序重来一遍。

一切照旧，我面无表情地和他跑完步，不去理会他的欲说还休，也假装没有看见他眼里的饱含深情。我草草告别，回到宿舍，找到记忆里那间熟悉的房间，那张熟悉的书桌，敷衍了几句室友，坐着随便上了会儿网，洗了个澡，接着，就如期等到了他的电话。

"能来一趟报告大厅吗？"他怯生生地问，"有事想跟你说。"

"好的。"我冷冷地回答。

报告大厅是一间千人阶梯教室，中间有一个大舞台，一般重要讲座、毕业生送别晚会这种时刻才会用到。我推门而入，里面已经灯火通明，人满为患，满眼是认识或不认识的同学，依稀记得当年此时，自己是那样茫然不解，以为听错了地点，步步犹豫，而现在，却是步步决绝，为自己的复仇计划热血沸腾。

年轻时的丈夫就站在走道尽头的舞台中央，冲我挥手，我径直往里走，早已在脑子里温习好接下来将要发生的一切：人群如何依次出列，微笑着走到我面前，每人捧出一幅画像递给我，那些画像有素描，有丙烯，有水彩，但画中人无一例外都能明显分辨出是我，等所有人走完回到座位上，我的手中已有沉沉上千幅，画中人有静有动，有笑有怒，画工熟练，笔下生情，换成任何人，多少都会受到震撼吧。

丈夫走向我。也许因为紧张，他在原地鬼打墙般兜了半圈，才成功绕到我面前，又在人群的起哄下，兴奋得耳根通红，深呼吸让自己冷静下来后，他终于开口。

"我在无聊的大学时光里，坚持做了两件最美好的事，一件是每天和你一起跑步，一件是每天捕捉你的一个状态，然后珍藏在画布上。"他的声音有些颤抖，不时去看向人群，寻求眼神鼓励后再继续，"每次在做这两件事的时候，都是我最快乐的时候，因为离你无比接近，如果你愿意，我希望以后的每一天都守护在你身边，陪伴你一辈子，永远保护你。"

丈夫终于说完，额头已经布满汗粒，可以想象内向的他花了多少勇气，耗了多少力气：大学四年我们说的话加起来，也许都没有这么多。当年此刻，我是怎样被幸福砸昏脑袋，心跳得呼吸困难，晕晕乎乎点头扑入他怀里，至今也没有淡忘丝毫。

现在，我站在这里，坦白说，也有一瞬间心软过，但想起后来丈夫冷漠的嘴脸，想起那些独自怄气流泪的时刻，那些无处发泄的痛苦，除了通通原样归还给眼前这个等待爱情宣判的全世界最不堪一击的人，没有更解恨的排解方式了。我抹干眼泪，在所有人的注视中，一个字一个字地回答他："我不愿意。"

我看见他像一株植物被开水烫过一般，颓败下来，久久不动。周围一片沉寂，我甚至能听见他的呼吸声，每一声都是那么艰涩、沉重。我掉头就走，丢下他一个人在舞台中央，正如多年后，他也把我丢弃在空荡荡的爱情舞场。

我独自走到漆黑空旷的操场上，到处乱转，等着时效过去，但是过了很长时间，我还是没有回到五年后的早晨。我渐渐明白，原来成功改变了决定，便可以留下来，按照新的轨迹生活下去。

我打算好好体味计划成功的喜悦，但才走了一小会儿，我就走不下去了，缓缓蹲了下来。为什么我并没有尝到喜悦的滋味？我只是不停想起丈夫表白时天真的脸，额头密布的汗，瑟瑟发抖的身体，想起那是我最爱的人，想起那也是他最爱我的时候。

"你在这里干什么？"一个无比熟悉的声音。

我抬头，看见丈夫在另一团黑暗中乱步行走，我们都停下来，呆呆站住，不敢往前一步，也不敢往后一步。

"回去吧，不安全。"他说，未脱沮丧和失落。

年轻时的丈夫，果然深爱着我，被伤害后还牵挂着我的安全，我有过片刻的动摇，但随之而来的是更多的气愤，我再也抑制不住，哭了出来："你不是想问我这是不是最后一次跑步吗，我告诉你，不是！我们以后会跑几百次，几千次，我们还会结婚，搬进大房子，每天幸福地生活在一起。"

丈夫没有说话，也许并不明白我在说什么吧，就连我自己也不明白了，但我像坏了闸的车一样，停不下来："然后呢，你会渐渐不爱我，厌倦我，再也不抱着我睡觉，再也不亲我，成天只会捧着手机，什么誓言诺言，全是假的，你通通没有兑现！"

长久的沉默之后，丈夫慢慢走过来，抱住了我，我挣扎一会儿，便不想再动，一头钻进他怀里。多久了，我以为自己已经忘掉这个味道和温度，但我并没有。

"不会有那一天的。"丈夫在我耳边说，"我能想象的最坏的事，就是我不再爱你，我宁愿死也不会让它发生。"

我想打断他，否认他，也想要辩解，但我突然不想再说话，也不想再要什么复仇成功了，我只想用心享受他的怀抱。

我突然明白，即使成功拒绝了他，成功阻止了爱情淡去的那一天，成功避免了未来的痛苦，但有一天我一定会更加悔恨的吧，悔恨在我们最相爱的时候，没能够紧紧抱住彼此，哪怕只有一个晚上，甚至一秒。

我认输了，这一次，我输得心甘情愿。

我牢牢抱住我的丈夫，不愿松手，爱情终会淡去，那就让它淡去吧，我只要在此刻抱得紧一点，再紧一点。

四

　　一觉醒来，还是那间万年不变的卧室，冷冰冰的床和背影，手机没有再震动，只是床上的人也依然够不着。

　　但我心情平静，没有一丝怨恨。路是我选的，即使重来多少次，还是会做同样的选择吧。这样的结果，在我抱紧丈夫的那一刻，就已经接受了。

　　我独自出门，来到医院。爱情已死，留下的只是一日一日更加惨淡寡味的人生，腹中的孩子生出来恐怕只会不幸，趁 Ta 还没有意识的时候，狠狠心阻止 Ta 来受罪吧。

　　"不要进去。"一个无比熟悉的声音。

　　我抬头，丈夫踏着朝阳走向我，眼里全是疼惜，接着，他一把抱住我，紧得我呼吸不畅。

　　"我后悔了，我认输了。"丈夫有些激动，抱得更紧了，"求你不要进去！"

　　"什么？"我不解。

　　"接下来我要说的话也许很难让人相信。"丈夫握着我的肩膀，满脸严肃，"我是从五年后回来，阻止你生这个孩子的。孩子五岁的时候，你就爱上了别人，抛下了我们俩，他太想你，我看着心疼，所以宁愿不让他生出来受罪，这段日子我辛辛苦苦地假装冷漠，就是为了不让你生下这个孩子。"

丈夫伏在我身上，哭起来。我呆住："原来一切是我的问题？"

"我们回家，好不好？" 丈夫扶起趔趄的我，"以后我会跟宝宝说，他是爱情的产物，他的爸爸妈妈是在最相爱的时候生下他的，以后不管在不在一起，对他的爱不会有任何改变。我不想等到死前回忆的时候，后悔在我们最相爱的时候没有紧紧抱住对方，珍惜每一分每一秒。"

我只感到背后发凉，绝望慢慢袭上来，扼住全身，我想起五年前的丈夫对我说的话："如果有一天我不爱你了，那一定是我能想到的最坏的事，我宁愿死也不会让它发生。"

丈夫只是抱着我，死死不放。

06．失乐人

一切都是因为那场约会。

那天，我坐在我喜欢的男人面前，因为他的一句自嘲而笑得眼泪横飞，一转身，从餐厅窗玻璃中看到自己快乐的脸，吓了一跳，我就知道大事不好了。

果然，当天夜里我辗转难眠，被愧疚和自责压得无法呼吸。这种感觉我并不陌生，自妹妹死后，它如影随形地纠缠了我好一阵子，每当快乐探头探脑，它就猛击我一下，将我拉至谷底。

其实是可以避免的，如果我没有赴约，而是像往常一样，上班，下班，睡觉，什么热闹也不去凑，什么乐子也不去沾，继续过我苦闷而心安的日子，就不会出现这样的情况了。

因此第二天，在公司走廊，当我喜欢的男人面带着微笑，向我迎面走来，我立刻把脸别了过去，掉头走开了。在转弯处，我的余光瞥到，他正茫然地站在原地发愣，似乎在检讨自己做错了什么。我一阵心酸，胸口揪痛了一下，但很快，又因为这阵揪痛而感到一种解脱的轻松。

自从妹妹死后，我就频繁在内疚和解脱这两种情绪之间摇摆，身不由己，苦不堪言。年幼的妹妹，是在与我逛商场的时候，起了争执，跑丢了，等被发现的时候，已经被斜坡电梯上急速滑下的装满饮料的小推车撞死了。在一段时间昏天暗地的自责和痛苦后，我想，我肯定这一辈子都会在痛苦中度过，体会不到任何快乐了。

但"好景"不长，一个月后，在学校里，我就因为和同桌分享的一口抹茶冰激凌，而感到无比满足、开心；又在跟随全校外出春游时，因为美景而感到神清气爽，甚至涌起一种幸福感。我震惊不已，妹妹死得那么惨，而我却这么快就开心起来了。回到家里，我把自己关到妹妹的房间里，扇了自己两巴掌，为自己的没心没肺羞愧不已。

父母看到我为妹妹的事这么难过，体贴地开导我："不要太伤心了，妹妹肯定也希望你快点好起来。"他们久久地守在门口，陪我一起哭，等我哭够了，走出了房门，才肯吃饭。看着他们心疼的目光，我想，也许我该振作起来，这才是对他们最大的安慰吧。

那时我还勉强算是孩子，心思豁朗，忘性大，心里那片阴影慢慢开始褪色。中学毕业典礼那天，在老师的要求下，所有同学穿戴整齐，梳洗利落，甚至艺术委员还为女生们涂上了唇彩，我们去操场上看节目，听老师发表感言，之后，三三两两地合影，在摄影师的指挥下调整位置、姿势。这时候，一个擅长模仿的男同学声情并茂地讲了一个笑话，立刻引起所有人的哄笑，我也不例外，而且，由于我的笑点一贯很低，我的笑声和动作幅度都是最大的一个，这一幕，恰好被摄影师拍了下来。

那张合照，因为抓拍角度巧妙，天蓝草绿，校服鲜艳，笑靥如云，可看性较高，很快作了校刊中毕业报道新闻的插图之一，随后，又被作为学校招生的广告素材，印在市区居民报的广告页，塞进家家户户的邮箱里。我看了一眼，众多照片，众多同学的脸，我的笑容是最显眼的，龇牙咧嘴，眼睛就快要眯成一条缝，相信任何人看了，都会被这种不掺杂质的快乐所感染。

但问题就出在这里。报纸被妈妈看见了，妈妈没有说什么，只是把它放回了邮筒，表情尴尬，能看出有些不快，也许她自己也对那种奇怪的情绪感到困惑吧。随后，在学校填志愿那天，她的这种模糊的情绪才渐渐水落石出。

两位家长坐在我们身后窃窃私语，认出我就是广告上那个妹妹才死不久就笑得特别开心的姐姐，随后他们又表示体谅，转述老师对我的评价："她确实有些没心没肺，孩子嘛，也难怪。"而这无疑更是雪上加霜，我很确定妈妈也听到了，她的脸颊在轻微地抽筋，全程没有搭理我，回到家后，趴在床上哭起来。

那次事情之后，才是真正噩梦人生的开始。每次过年过节，妈妈会在一切正常进行时，突然放下碗筷，叹气道："如果小妹也在就好了。"我如果安慰她别难过了，她就会冷冷地说："你还知道什么难过不难过？"而平时，我走在路上，如果不小心当众笑了，立刻能感觉身后传来窃窃私语的揶揄、八卦。

我渐渐明白，当我为妹妹的事而愧疚、难过、痛不欲生时，所有人都会站在我这边，心疼我，安慰我，即使妹妹是我害死的，也是可以原谅的；但我一旦开心起来，那是所有人都不允许的。

"今天早上看见你了。"在公司里，我喜欢的男人发微信说。显然，他是抱着一丝侥幸：可能早上我只是没有注意到他呢。

"知道。"但我冷冰冰地回道，"所以呢？"

"没什么。"他悻悻地说，之后，就没再发什么了。

我松了口气，总算过了这一劫。

中学以后，在长久的催眠和训练下，我变得胆小，懦弱，对快乐警惕万分。在我的潜意识里，只有对妹妹无尽的愧疚和痛苦才是正确的。

我开始有意识地和一切取乐方式保持距离。我不再去最喜欢的餐厅吃东西，不再逛商场给自己买漂亮的衣服、喜欢的时尚单品，不打扮，不参加各种同学聚会、联欢会，也不接触异性。很快，我步入社会，开始工作，依然警惕地保持着这些习惯，渐渐成为一个孤僻的、郁郁寡欢的成年人，生活在一种暗灰偏冷色调里，这非但没有让我觉得苦闷，憋屈，反而让我无比安心。

但这次约会还是破坏了一切。原本，仅仅是同事间的感谢餐，感谢我顺手帮他的一个小忙，怎么就发展成男女间的约会了呢？又是怎么在自己的脸上，发出了那样面色潮红、high 得难以自持的笑容？

"我发现你留的刘海好萌啊，特别适合你。"又一次，在茶水间擦身而过，他突然对我说了一句。

我马上伸手去碰刘海，看着他的背影，反复摩挲，不知不觉间，嘴角迸出一丝偷笑。不过很快，我就缓过神来，意识到自己在做什么，但是，已经来不及了，我根本没来得及防范，快乐就已经发生了。

事情远远没有结束，爱情的火苗一旦蹿起，就很难再掐灭。

他开始频频与我"偶遇"，投以欲言又止的一瞥，或者，一个饱含深意的微笑。生日时，我收到过他的礼物，那是一个我最喜欢的歌星的演唱会门票，本身就一票难求，他却抢到了最好的位置，也许花了不少心思。还有几次，我忘了吃早餐，跟别的同事抱怨了一句，他立刻消失在晨光中，再回来时，我的桌子上就多了一块加热好的三明治，一小瓶酸奶。更可怕的是，每当这时，我并没有心生排斥，或是不屑一顾，而是，每次都不由自主地漾起一阵阵甜蜜的心颤，一点一点沉沦进去。

快乐虎视眈眈，无孔不入，但我毫无反抗之力。

是的，妹妹因为我而死得那样惨，时隔几年，我就已经沉浸在爱情的甜蜜里了，想到这里，我简直想杀了自己。

我恨自己没有一个亲姐姐该有的样子，为妹妹的疼痛长久地感同身受，永远沉浸在悲伤里。如果死后的妹妹有意识，肯定会为这个姐姐感到心寒吧。为什么我那么不争气，不能保持住我的痛苦呢？

我只好细致入微地，回想妹妹死的那天发生的所有事情，回想我们是怎么在商场里，因为攻击对方喜欢的歌星而开始争执，妹妹又是怎么牙尖嘴利地、用最刻薄的字眼把我的软肋吐槽了个遍，例如说我满脸青春痘，任何人吃饭的时候看到我的脸，都会咽不下去；例如说我在恋爱中，永远是被甩的那一个。而我，在那一刻又是怎么真真切切地恨不得一巴掌把她拍死，怎么把她远远丢在身后，气呼呼地跑去 IT 店里，一一试穿衣服消气，等我走出来，外面已经恍如隔世，再见到的就已经不是活着的妹妹了。

想到这里，我终于满脸泪水，心如刀绞，巨大的悲痛又顺着熟悉的路径回来了。为了将它保持得久一点，我又一遍遍地，强迫自己再细致一点，温习那天所有的细节，反复咀嚼自己说过的每一句恶意的、凶狠的话。于是，那一天，在一次次的重演下，我看到的，从头到尾全是我对妹妹的伤害、诅咒、刻意丢弃，甚至，连平时对她的种种有意或无意的不好，也都通通填塞进那天里了，而妹妹的刻薄、尖锐，我竟一点也不记得了。

内疚一次次鞭打着我的心。我把自己关在家里好几天，捶打自己，连续挨饿，不睡觉，只是不停地哭，不停地哭，用各种细碎而磨人的方式折腾自己，以此惩罚自己的罪过。

我知道，妹妹一定在以某种我不知道的方式，关注着这一切。她会感受到我的痛苦，感受到我每一滴眼泪的温度，每一次拳打的闷痛。想到这里，我的心底终于感到一丝安慰。

我撕了喜欢的人送我的演唱会门票，也删除了他所有的联系方式，我下定决心，远离这个人，远离爱情的危险。在持续的冷脸以对之下，他费解，迷茫，最终崩溃地松开了掰在我的肩膀上寻求答案的手。

"一直都是我的错觉吗？"后来有一天，他把我请到公司附近的酒吧，希望把一些事情问清楚。

"是的，一切都是你想多了。"我面无表情，漫不经心地开始喝面前的水果酒。

说这句话的时候，我的心又因为对他涌起愧疚而揪痛起来，虽然，这种剂量的愧疚相较于对妹妹的愧疚来说，根本不足一提，但还是充当了解药的作用，缓解了后者之痛。

"那好吧，我不纠缠你了。"他垂头丧气，开始灌自己酒。过了一会儿，他又说："但是，你能答应我一件事吗？"

"什么事？"

"你能开心起来吗？"他盯着我，恨不得把我吸进眼眶里，"每次看到你愁容满面，我都很心痛。其实没有什么是过不去的，真正爱你的人，就希望你每一秒钟都开心。"

"是吗？"

也许因为喝了酒，或者是酒吧里晃眼的灯光，我有种眩晕的感觉，我看着他的眼睛，感觉自己再一次，一点点沉沦其中。他就坐在离我很近的地方，差一点点，我就亲到他了。

"能答应我吗？"他再次问，好像真的是在等待一个答案，而我只是晕晕乎乎地盯着他的嘴唇。

在他的注视里，我迟钝地点点头，也许是酒精的作用，一切都在渐渐模糊，褪色，被我抛到了脑后，或者根本是因为，我知道自己已经有些醉了，干了什么，应该也不算是故意的吧，所以，没怎么犹豫，我亲了上去。

接着，我跟在他身后，回到他的家里。黑暗中，我们彼此探索，不敢挪身去开灯，似乎都生怕把梦惊醒了。

他没有多问什么，只顾紧紧抱着我，亲吻我，好像酝酿了太久，而我也心急起来，伸手去剥他的衣服。我们各自急迫而忧心忡忡地赶着时间，去逼近那个快乐的顶点，仿佛守着倒计时。很快，它就要到了，我们都因兴奋而颤抖起来，但是，就在这个时候，我突然被这高浓度的快乐吓坏了，酒马上就醒了。我睁开眼睛，瞪着天花板发愣，接着，更可怕的事情发生了。

　　黑暗中，我隐隐看到天花板上，有几张人脸，仔细辨认后，发现全是妹妹的脸，而且，是她死时的样子，瞪着眼睛，表情惊愕，嘴角隐约有些血。不仅如此，这些脸的数量正迅速增多，轮廓也越来越清晰，每一双眼睛，都在默默看着我，看着这一切。我惊叫了一声，猛然把他推开。

　　我开始明白，妹妹的死，带给我的最坏的东西，并不是痛苦，而是，让我渐渐失去了快乐的能力。在长久的长久的自我约束下，应付痛苦，我已经得心应手，而应对快乐，我总是束手无策，只能任凭紧随其后汹涌万倍的痛苦把我吞没。

　　那天以后，我们各自回到没有对方的生活。没有了爱情，我又是那个孤僻的、郁郁寡欢的人，生活也回到我所熟悉的、黯淡的冷色调里，但是，这非但没有让我觉得苦闷、憋屈，反而让我无比安心。

　　这件事不久以后，我就选择了一个曾经对我表达过好感的异性朋友。

　　他比我年长几岁，样貌、经济条件都可算是中等，性格方面并没有足够吸引人的地方，在过去几年，曾经做过一阵有一搭没一搭的朋友，只是记得他爱早起，爱锻炼身体，爱制订计划并雷厉风行地执行，对生活怀有热气腾腾的希望，让人想起小时候听到的一种比喻："早晨八九点钟的太阳"。

　　我不讨厌他，也不怎么喜欢他，我只是觉得他还好、还可以而已。如果能够暂时逃避那场爱情的灾难，这个选择也不是不可以。

　　我们开始尝试着交往。我发现，他是一个比看上去还要积极、热血的人，哪怕是在谈恋爱这件事上。他买了很多情侣装、情侣杯、情侣鞋，连袜子也是情侣的。他在日历上 mark 下未来一年的每一个节日、休息日，甚至交往100 天纪念日、200 天纪念日、一周年纪念日，然后计划好几个庆祝方案，以备候选。面对他的积极，我并无感觉，只是不咸不淡地配合着，心里想着，也许那些纪念日根本就撑不到吧。

但是，不久后，当他在商场里，煞有介事地准备了一场惊动了几千人的求婚，甚至说服了我的父母，在众人的围观下，他激动得脸颊通红，眼里闪出亢奋的泪光，或许被自己感动得不轻。这个时候，我猛然发现了他最大的优点，那就是这个人，永远不会使我产生爱情，也永远不会使我陷入快乐的泥沼。

我答应了。

我喜欢的人来找过我，百般劝阻后，他问："你真的想好了吗？""想好了。"我说。我想，他的劝阻只会加速我要逃离他的决心，加速我下决定而已。

婚后，我想我终于解脱了，嫁给一个不喜欢的人，还有什么比这更不幸呢？我一天一天潦草度日，不再配合丈夫那些过剩的热情，把日子渐渐过成那些起球的情侣袜、褪色的情侣装，一切尘埃落定，我不再对快乐抱任何希望和期待。我想，妹妹的死，我终于不用自责了，即使她是被我咒死的，或是被我丢弃而死，即使她死前多么惨烈、可怜，我过得也没有好到哪里去，我也因此搭上了一生，没有人可以责怪我了，包括我自己。一天天过去，我心如止水，睡眠踏实，很少再想起妹妹。

从这一点考虑，我的婚姻，简直成了我的最佳保护伞。

而丈夫却和我相反，婚后他的热情并没有减退半分，反而暴露了他对幸福生活汹涌澎湃的期待和热情。他踌躇满志，摩拳擦掌，做足心理准备，要开展他甜腻、滚烫似火的婚姻生活。我们的生活被他24小时秀在朋友圈里，一个甜筒、一个情人节大餐、一枝玫瑰，甚至一个早晨的吻，纷纷被他加上粉色心形边框，配上鸡血冲天的幸福生活箴言。

　　而这些行为，只会让我越来越对他无感，甚至厌烦。我在想，如果换成我喜欢的人，这些事情也许真的是甜蜜的，顶多是让人宽容发笑的犯傻，那样倒麻烦了。但换成不喜欢的人，这就是发蠢和恶心，事情就好解决多了。我毫不留情地拒绝他接吻自拍的要求，推开他的玫瑰，对他所亢奋的一切表达无感，然后继续回到我黯淡的、冷色调的世界里。

　　"不要扫兴啦。"看着我郁郁寡欢的脸，丈夫都会这样说。

　　如果我继续不买账，他就变出一个新鲜玩意儿，一个新奇的玩具，或是一盒永生花。接着，他就会在朋友圈写下我生气然后"被他的小礼物哄好"的甜蜜小趣事。而我继续不买账，他也就不再管了，而是自顾微笑着去回复那条状态下的评论。

　　我开始怀疑，丈夫做的所有事情并不是因为爱我，而是我，成了他实现幸福生活愿望的工具，他爱的也仅仅是幸福生活这个概念本身吧。正因为这样，所以当他看到我不开心时，也只是强调不要扫兴，不要扫他的兴。

　　但随着时间推移，丈夫也开始暴露他烦躁、歇斯底里的一面，如果我总是对他爱理不理，不配合他那些秀恩爱的戏码，他就会恼羞成怒，破口大骂，说我是神经病。

　　不久后，他就提了离婚。离婚的那一天，他抓住我的肩膀拼命摇晃。"都被你毁了！"他喊道，"从小到大，我的一切都很顺利，任何愿望都能完成，但是现在都被你毁了。"

因为太激动，他没有留意我身后就是高高的石梯，继续使劲摇晃我，我根本没反应过来，就掉了下去。

等我醒过来，就已经在医院了。一个陌生的男人守着我。"感觉怎么样？"他问。

"还可以。"我说，接着，拼命回忆自己是怎么到这里来的。

"好久没见你了。"他又说。

"你是谁？"我一头雾水，看着眼前这个对我满眼关切的男人。

他什么也没说，就去叫了医生。接着，他们告诉我，我失忆了。

其实，我的脑子里也不是一片空白。我隐隐记得，自己身上发生过什么不好的事情，我只是想不起来那件事是什么而已。我也隐隐能感觉到眼前这个人，是可以信任的，甚至，有一种很近很近的感觉。具体的我都不记得了，但我并不急着去记起来，我感到有一种彻底解脱的感觉，就像新生，我浑身放松，甚至哼起了歌。

他笑了。"看到你这么开心真好啊。"他摸摸我的头。

"是吗？"我也笑起来。

在他的悉心照顾和陪伴下，过了不久，我就出院了。随后，在他的帮助下，我又回到工作单位，开始摸索着熟悉工作，熟悉同事和领导。

我发现，每次看到他，我都有一种怦然心动的感觉，我分外享受和他在一起的每一分每一秒，而他对我似乎也一样。过了一段时间，我们就在一起了。

"我带你去喝一杯吧。"有一天下班，他神神秘秘地说，"公司旁边有一家酒吧我很喜欢。"

"好啊，上次我们去的那一家吗？"我脱口而出。

他盯着我，久久地沉默。周围的人都盯着我。

我马上意识到出了问题，自摔倒到现在，他从来没有告诉过我酒吧的事情，究竟是什么时候，我什么都想起来了，就连自己也没发现。

"你昨天提过了。"我头昏脑涨，慌忙地想要做着弥补，"不对，前天吧，反正你好像无意中提过。"

他还是死死盯着我。我能感觉到自己在颤抖，我低着头，满脸通红，等着被撕破谎言，等着一切回到从前，我还是那个害死了妹妹，永远无法摆脱让人窒息的内疚、不得翻身的失乐人。我闭上眼睛，像是等待被宣判死刑。

"是呀，我昨晚都跟你说过了。"他突然笑着说，接着，他朝我走过来，拥抱我，"你当时已经快睡着啦，我还以为你没听到呢。"

07．鬼

一

　　小朱是我们办公室唯一见过鬼的人。

　　事情的起因是一则娱乐新闻：影视巨星刘冰冰在拍新戏阶段，晕倒在酒店房间内，醒来神色恍惚，似受重创，匆匆中止了工作回家休养。

　　随后，在接受采访时，刘冰冰带泪开口，称自己既不是生病，也不是疲劳过度，而是看到了不寻常的东西，惊吓所致。

　　挨不过记者的追问和纠缠，刘冰冰缓缓道出事情经过。当时已经是后半夜，她被电视声吵醒，发现电视机在自动换台，而她记得自己睡前并没有开过电视，检查了一下，也没有压到遥控器，再仔细一看，床尾坐着一个人，背对着她，正焦躁地狂按遥控器，似乎着急找不到想看的频道。刘冰冰慌忙开灯，就在灯亮的一瞬间，床尾的人消失了，而电视画面停在一个卡通频道上，不再变换。

　　"世界上真的有鬼吗？"此事一出，立即登上各大媒体头条、社交网站热搜榜，一时间疑问四起，人心惶惶。警方经过调查，排除了他人藏在刘冰冰房间的可能，而刘冰冰身为实力演员、超级明星，按理说，是不需要以低劣手段进行新戏炒作的，更何况，在她退出剧组后，原本的角色很快就找了别的演员替补，剧组损失巨大。从任何角度来看，这起灵异事件，都不像是刻意编造。随着八卦杂志煽风点火，事情越来越"细思恐极"，惹议不断。

作为时事评论周刊，我们杂志社也迅速有了动作，备好的新一期杂志内容全部推翻重来，主题直接换成"世界上有鬼吗"，但和娱乐杂志毫无营养的恐吓和嚼舌根有所区别，我们杂志的口号是"探索事实、还原真相"，这一期会约稿各界专家达人教授，以刘冰冰的遭遇和近几年娱乐圈著名灵异事件为例，从物理学、化学、医学等各个角度科学解密"鬼事"，撕开"鬼"的恐怖面具。

因为事发突然，发刊日临近，工作量要比平时大很多，连续几天，我们十五个编辑都在办公室加班到很晚，整理那些脑电波磁场、积留情绪、睡眠瘫痪症……

"你们住过那家酒店吗？"一天，坐在办公室东北角的美编幽幽地问。

"住过啊。""没住过，怎么了？"大家松松散散地回应。

已经夜里九点多，每个人都归心似箭，敲键盘声急促异常，眼珠快要贴到电脑屏幕上，实在无暇他顾。

"有问题。"美编说。

"怎么了怎么了，哪里出了问题？"负责选题的组长，男，三十多岁，忙得抛下幼娃三天没回家，这会儿再也经不住有关选题的任何波折，急得腾地而起。

"不不不，选题一点问题也没有，组长你别紧张。"美编恢复到平时的正常语气，安抚好组长，又骤然调回到刚刚的神秘、幽怨，"我是说，酒店真的闹鬼。"

"是吧是吧！"做宣发的徐姐似乎被戳中 high 点，瞌睡不打了，键盘不摁了，"我去过的，那个酒店很冷的，大夏天的，一进大厅就感到汗毛竖起来。"

"是开了空调吧。"组长刚从一场虚惊中缓过来，立刻开启吐槽模式。

"我发誓，绝对不是空调的那种冷，是一种不正常的寒气，从脚底传来的。"徐姐激动起来，"而且，房间电话老是在半夜响起来，接了又没人讲话，只有一次，我听到叹气声！"

有人开始尖叫，是新来的两个女实习生。组长白了她们一眼，又对徐姐说："被人记住门牌号了吧，不对，有谁愿意骚扰你呢？"

群众哄笑，也开始吐槽徐姐这段"灵异经历"的 bug。徐姐追打组长，连连强调："我说真的！"只有美编不为所动，表情凝重。

"有个朋友就在这个剧组，跟我说了剧组里的另一个传闻，做好心理准备。"美编说。

部分人停下敲键盘的手，看过来。

"剧组的场记大哥半夜睡觉听到有人敲门，问是谁，没人回答，跑去用猫眼往外看，也没看到人，但是敲门声还没停，这个大哥胆子很大，就骂骂咧咧开门看看究竟，打开门后，走廊一个人也没有。"

办公室里四处在倒吸凉气，几个胆小的女孩离开座位，挤了过来。

"这还不是最恐怖的。"美编接着讲，"场记大哥关上门后就不再有敲门声了，也就没多想，继续睡觉了。第二天吃午饭，睡在对面房间的灯光大哥脸色不好，场记问他昨晚是不是没睡好，灯光大哥就小声告诉他，昨晚听到对面一直有敲门声，他很好奇，对着猫眼望了望，就看见一个倒立X形人影，贴在场记大哥门上用脚敲门，场记大哥骂着脏话打开门时，人影就消失了。"

一片死寂。

门口适时地响起了敲门声，在夜晚的打底下格外清晰，紧随其后的，是整个办公室一声声接连的尖叫。

敲门的是保洁阿姨，一脸无辜地等大家平静下来，说她只是来提醒大家离开的时候记得关灯锁门。

怕归怕，明显每个人都兴奋起来，比起手上那些枯燥无味的科普，分子离子，电磁场，"鬼"这个模糊的概念本身，引人遐想无限，回味无穷，吸引力要大太多。

"后续呢后续呢？"实习生小美托着腮催促。

"过瘾。"实习生文子也感慨。

"你们对得起自己在做的专题吗？"组长斜眼瞥过去揶揄道。

"假。"徐姐摇摇头，"听来的都不可信的，我那个是自己经历的。"

"徐姐，那你怎么叫得比谁都大声。"文子小声反驳。

灵异事件就和四川火锅一样，一旦开了头，就停不了口，而且越虐越爽。"世界上真的有鬼吗？"很快，又有人贡献出几个新得来的料。

技术编辑分享了女邻居告诉他的一件事，邻居说自己午睡时，发现手机人工智能Siri正在说话，屏幕上已经显示了一段对话："她睡着了没？""很抱歉，我听不懂你在说什么。""好像睡着了。""很抱歉，我听不懂你在说什么。"

"呃……该修手机了吧。"这种略带萌感的诡异使故事像个定位不明的冷笑话，散发着淡淡的尴尬。

紧接着，一个实习生女孩告诉大家，她的闺密有一天突然给她发来一长串男人打呼噜的语音，但是第二天问闺密，她十分肯定自己很早就睡了，绝不是自己发的，手机放在桌子上充电，家里也没有别人。

"呃……"大家都发出不适的呕声，"会不会是她带回来的男人不小心压到手机了，又不好意思告诉你。"

"不是不小心，是故意勾搭你吧。"组长补刀，讨来一阵"你怎么这么了解"的揶揄，连忙又澄清，"我只是见过这样的人而已。"

之后，又有人分享了厕所隔间多出的一双脚啦，镜子里的人吐舌头啦，隔壁阳台的白色长发人影啦，各种耳熟能详的桥段。

"哦哟，这些我上世纪就听过了，没意思，有没有点亲身经历的啦？我那个就是亲身经历的，我还是坚信那不是人叹的气。"徐姐嘟嘟哝哝。

"是啊，厕所的我能复述十个版本出来。"

"白色影子听了一百次。"

很明显，大家的胃口都被吊了起来，却没有被满足，这可谓世界上最痛苦的事之一。只可惜，关于鬼，每个人从小到大多多少少都储备了一定量的听闻，或惊奇或枯燥，但亲身经历的人少之又少。人群悻悻，有些念场，但又不得不适时散开。

二

"如果你们每天晚上都在同一个地方看见一个女人补妆，会怎么样？"编辑小朱突然开口。

大家愣了一秒，分辨出一丝灵异气息，又挤回到一起，愿闻其详。

小朱，文艺男青年，名校高才生，工作积极勤勉，礼貌备至，连桌子上文件水杯的摆放都比任何人更整齐，是个很难挑出毛病的人。只是，在接触一段时间后，大家才渐渐感觉到小朱那教科书案例般的优秀背后，有着某种人畜共退的气场。

只要是小朱在的场合，大家多少会有些不自在，不敢吐槽老板，不敢分享重口味段子，不敢偷懒小憩一刻，因为自己的人品小漏洞、性格小缺陷，在他的完美之下总会自惭形秽，似乎经受着某种无声的拷问，被压得透不过气。

久而久之，小朱在公司开始形单影只，孤傲而寂寞地继续优秀着，渐渐成为办公室角落那一株无人问津的滴水观音。像这样主动参与一个没有营养的话题，对小朱来说极其少见，给人一种穿越般的违和感。

"怎么回事？"我们问，略带一丝狐疑，不知道他会讲出什么来。

"连续有一周的时间，我每天晚上路过小区一条路，都会看到路灯下面有个二十多岁女孩，拿个小粉饼对着小镜子往脸上扑。"

"不是小区里的人吗？"

"关键是，不管我多晚回家，或者是半夜下楼去便利店买吃的，她都在那儿，都是同一个位置，有一次我去办宽带，为了防止上班迟到天没亮就出了门，还是看到她在那里补妆。"

"咝——"有人倒吸凉气。

"真的假的，你亲身经历的吗？"徐姐不甘地问。

"是我自己看到的。"小朱有点不高兴，"我发誓！"

"你听他继续说。"美编盯着小朱，目不转睛。

"上个星期有一天，我从公司离开的时候天也黑了，在公司楼下电话亭那里，我又看到了她。"

一片安静，所有人都目不转睛地盯着小朱的脸，连组长也被他唬得噤若寒蝉，小朱似乎有些不适应这种注目，调整了坐姿，补充道："还在补妆，这次是在抹口红。"

"好吓人啊。"大家纷纷狂摸双臂，像要刷下一粒粒鸡皮疙瘩。

"这不是最恐怖的，在路上看见点不干净的东西也没什么，关键是昨天晚上下班，我在电梯里又看到她了，还是在补妆，往脸上不知道刷什么东西。"

"我靠！"一直在办公室东北角座位上专心赶图，没有参与话题的山东大汉，这会儿也摔笔挤进"人圈"，使气氛稍稍向搞笑的方向缓和了一点。

"她跟着你了？"美编说，"所以她也有可能跟你进办公室吗？"

"她现在在吗？我要哭了。"小美说。

"其实没关系的，鬼大部分都不会主动害人，如果要害我早就下手了。"小朱继续说，但被徐姐打断："你先说她现在在不在办公室。"小朱说："不在。"众人才稍微放松警惕，小朱面露微笑。

"其实没那么可怕，她跟正常人区别不大，只是脸稍微苍白一些，没有人的那种红润和粗糙，然后表情有点怪……"小朱补充着，又被一阵哭腔打断。

"别说了行吗，求你了。"小美认真起来，捂着耳朵央求，估计真的被吓到了，小朱慌忙住口。

这个短暂的分享会被迫提前结束，小朱明显没尽兴，众人也有些低落，像到嘴的食物被一把夺走，怨声载道，陆陆续续回到自己座位上，又过一会儿，稀稀拉拉响起整理桌面离场的声音。

但补妆女的故事还是迅速流传到了各个部门。隔天，小朱在食堂吃饭，莫名跑来两个表情神神秘秘的女孩，悄声问他："现在她在这里吗？"

"谁？"

"那个补妆的女鬼。"

类似的对话还发生在办公室、卫生间、走廊，大家有事没事，总会神经质地找小朱确认一番，得到安全的答案后，才会放心地该干吗干吗；否则，总是坐立不安，草木皆兵。

有一次，小朱乘电梯，里面除了他，就只有实习生小美和前台小姑娘，电梯升到一半，小美猛然抓住小朱的胳膊，发着抖问："在吗，在吗？"小朱马上明白她问的是什么，安慰道："不在，不在。"小美放松一半，另一半还悬在那里。小朱微笑说："以后你乘地铁可以叫我。"

这里有个隐情，三个月前公司新来一批实习生，小美是其中长相最出众的一个，自然，平时有个这不会那不懂的，主动前来相助的男同事也最多，态度最殷勤友好，轮到老实正经的小朱这里，基本就只剩下迎面相遇时打个招呼的份额了。而和小美同进公司但是长相上相差甚远的文子，座位旁边则冷清许多，小朱平时只能把多余的热情献给她。

可想而知，当天午饭时间，在前台小姑娘不厌其烦的细致渲染下，全公司都知道小朱在电梯里面色如何红润，眼里如何柔光粼粼，引来男同事们略带醋意的揶揄："平时挺正经的，看不出来啊。"

这个情况持续了一段时间，刘冰冰事件突然出现转折，据知情人士揭露，刘冰冰因工作压力过大，夜夜失眠，长期服用安眠药，产生了幻觉，并非真的撞鬼。事情曝光后热闹了几天，热度就渐渐消减，很快被更劲爆的明星出轨新闻取代，办公室里也就慢慢地、慢慢地不再有人提到什么鬼了。

有时候，小朱会紧张兮兮地环顾四周说"我来看看在不在"。曾经不短的一段时间内，这是大家会主动要求他做的事情，但这会儿大家都有些反应不过来，一脸茫然地看着他。

"不在啦，放心吧。"他突然大笑，并且频频看向小美座位的方向。显而易见，自从那晚的聊天之后，他似乎开朗了许多，变得愿意当着大家的面开玩笑，并且看起来挺自得其乐的。

"哦……"大家才想起是怎么回事，但是除了文子捧场大笑，好像也没什么人笑出来了。

又过了一段时间。

　　这期间不断有更新鲜、更猎奇的新闻出炉，一次次冲刷着之前新闻的余味，使新闻变旧闻。当然，如果你够细心，也能发现与之相应的另一个细节：不知从什么时候开始，小朱又重新回到原来的沉默、郁闷、形单影只，角落里一棵无人问津的滴水观音。

　　一天下午，在公司会议上，中途沉默的间隙，小朱猛然站立，双眼直勾勾地盯住前方，接着在会议室所有人的注视下，径直走出房门，拐了个弯，朝公司大门走去。整个过程，任凭你怎么喊他的名字，他也不停顿半步。

　　隔天，面对询问，小朱对昨天的事一无所知，也对手机上来自大小老板的未接来电丝毫没有印象。"怎么回事？"他重复着大家的疑惑，最终也给不出一个合理解释，但这毕竟是个小事，也就不了了之。

　　同样的事情又发生了几次。过了几天，小朱上班乘电梯时被人看见失魂落魄地跟着别人去其他楼层，半小时后才出现在公司。又过了几天，小朱工作时间莫名其妙出现在楼上一家公司的门口，等到有同事找他要一个文件，打了几个电话过去，才被接通，听到他一头雾水地报告自己所在的地址。

　　怪事连连，终于引起疑心和一些必要的联想。又是一个加班的夜晚，工作完成得差不多了，办公室里倦气四溢，哈欠声此起彼伏，徐姐按捺不住八卦心，问小朱："你最近是中了什么邪吗？"

　　经她一提，其他人也纷纷如梦初醒："对啊，到底什么情况？"

　　小朱闭口不语，像抿着一嘴苦衷，最后挨不住追问，就说："恐怕真是的。"

　　"中什么邪？跟那个补妆的女的有关吗？"大家好像突然记忆复苏一般，

东拼西凑开始联想，"她又跟着你了？""开始对你实施行动了？"

"我也不十分确定，但是结合小时候的一些经历，觉得还是有点关系。"他若有所思。

"啊？什么经历？"徐姐、美编、文子、小美还有组长等人，一起瞪大了眼睛问。

"这件事我本来不想讲的。我九岁的时候，有一次跟大人出门串亲戚，中午吃完午饭，原本要回去了，但是我莫名其妙往那家人的隔壁楼里跑，谁也拉不住，跑到二楼一户人家就敲门，我妈追上来，跟那户人家道歉，我直接往人家家里一个房间里钻，进去站半天不动，过了一会儿就开始号啕大哭。"

他微皱眉头，似乎深陷痛苦的回忆，我们大家大气不敢出，只是听他继续讲下去。

"后来，我那个亲戚立刻把我拉回去，表情严肃地告诉我妈那户人家几个月前死了个儿子，跟我差不多大，我刚才跑进去的就是那个儿子的房间。他们都吓着了，这个时候我还在大哭，跟我说什么也没反应，他们基本就断定我是碰到不干净的东西了，当天晚上我们没回家，在亲戚家请了当地的神婆给我作了法术，我昏睡过去，第二天就好了。"

他的叙述很平稳，其他人听得也很安静，就连平时胆小咋呼的几个女同事，也一言不发，紧盯着他，仿佛生怕惊动了什么可怕的东西。

"神婆告诉我爸妈，那户人家孩子是突然死的，死前没做好心理准备，鬼魂天天想家没法超生，碰到我体质弱，就上我的身回家去看看，叫我们不要害怕，没什么坏处。"

"吓都吓死了，这还没什么坏处？"美编捂着胸口说。

"总之那件事就算了，我爸妈立刻带我回家，估计在心里发誓再也不带我来这个亲戚家了吧。"小朱不紧不慢地继续，"等我们到家的时候，他们放下行李，也拿下我背上的书包，打开拿我的作业，发现里面多了一个孩子玩的皮足球，不是我的。"

"咦……"文子嫌恶地捂住鼻子，就好像已经闻到什么不好的气味了，"我要吐了。"

"又不一定是死人的，矫情。"组长习惯性打压过去。

"家里人都没说什么，假装不在意地把皮球扔了。晚上我写作业，又发现本子后面空白的一页纸上画了很多卡通人物，我从来不会在本子上乱画，也没有别人碰过我的本子。我仔细看，还看到一行小字，'谢谢你'。我觉得应该是那个男孩的感恩，就没有害怕，也没告诉大人。"

"所以这一次也是一样的，那个女鬼附了你的身，要完成一些未了的心愿。"我们迫不及待地掰到正题上。

"是的。其实因为体质弱，那次之后我又遇到几次类似的事情，后来在大学适度锻炼，稍微好转了一些，但总的来说，每一次我都并不害怕，因为大多数鬼魂都不会轻易害人，肯定是有求于人才会选择附身的，他们也都会用一些细微的方式表达感谢。"

"不是吧……"我们纷纷做出夸张后退的动作，警惕地打量这个经常被附身的人，就好像稍微靠近一点，他身上的什么东西就能一脚跨到我们身上来，"她到底想让你干什么呢？"

"妈呀！"徐姐突然惊叫一声，像是想起了什么吓人的事情，"你们谁记得这栋楼 09 年发生过跳楼事件？"

"什么跳楼事件？"我们面面相觑，似乎都不知道有这回事。事实上，整个部门的人调来调去，剩下的大多是两三年前从其他办公地点分配过来的同事，或者是新招进来的毕业生。

"09 年这栋楼上一家媒体公司有个女员工跳了楼，她男朋友也在这栋楼里的一家公司上班，有一天她去找他的时候看见他和别的女生在一起了，当场闹了分手，过后伤心过度，想报复男方，就故意死在了他面前。"

徐姐说完，大家安静了数秒，马上看向小朱，眼里充满哀怨，仿佛在看一个重症患者，也忘了怕了，只有同情，有人安慰地拍拍他的背。"就是这个人了吧。"我们几乎可以肯定。

"应该是了吧。"小朱说，倒是很平静。

"你每次看见她，她都在补妆，补妆做什么呢，你们想想，肯定是想漂漂亮亮地去见男朋友。"徐姐继续发散思维。

"那她附你的身会做什么呢？"我们一个个不敢再往下想。

"是啊，会做什么呢？"小朱喃喃自语。

这个悬念也成了在场所有人当晚的主题，经过一夜发酵，第二天早上公司炸开了锅，纷纷讨论小朱的遭遇和跳楼女孩的联系。显然，前段时间大家对灵异事件的热情又回来了。

小朱一到办公室，喧闹声立马停止，改成窃窃私语。小朱走到哪里，就跟着几个忧心忡忡的尾随者。就连小美也主动邀请小朱一起吃午饭，同时不忘向其他同事使眼色汇报情况。

在大家的严加看守下，小朱并没有出现什么出格举动。两个星期过去，他也只有一次，有些反常地跑到楼上，去上次去过的那家公司门口站了一会儿，看着午饭时间的人来人往，不久也就回到办公室，午睡了片刻，醒来也就恢复了正常。

随着工作量加大，所有人都渐渐投入到工作中，整天埋头整理资料，做专题，被压得喘不过气来，小朱也一样，忙得四脚朝天，渐渐就不再有什么特殊举动了。

偶尔有人问起小朱："最近她没再来了吗？"

"没再来了。"小朱看起来有些低落，"估计是见到男朋友了，心愿了了吧，也没有跟我告别一声，想想还有点失落呢。"

"是挺让人失落的。"

本以为事情就此结束，万万没想到，一天中午，众人午饭归来，小朱突然惊叫一声，指着自己的办公桌。

小朱的桌子上向来像他本人一样严整、干净、空荡荡，没有任何多余的东西，此刻显眼地放着一支口红。

经他一叫，别的同事也都围过来，有人拿起那支口红端详，是一支用过的口红，问小朱："不是你的东西？"小朱茫然摇头，与他一同去食堂的男同事也开口做证："走的时候经过他的座位，并没有看到这个东西。"

"天哪，是她吗？"大家交头接耳，带着一丝恐惧和一丝难掩的兴奋，"是她来感谢你了吗？"

但小朱看起来并不开心，他一把抓住那支口红，特意绕到办公室外面的垃圾桶，砸了进去，转身回到座位上，一言不发地开始工作，谁也没有理睬。

但是事情还没有结束，第二天，小朱的座位上又莫名传来暴躁摔东西的声音，接着，大家就看见小朱飞奔出门外。我们赶紧到他的座位旁一看究竟，发现地上有一张撕破了的 A4 纸，上面隐约有字，没判断错的话是用口红写的，"谢谢你，再见。"

小朱请了一个长长的病假，后来干脆传真过来一封辞职信。跟小朱交接工作的同事去找过他，称他已经被吓得住院，再也不敢回来踏进这栋楼半步。

听到他辞职消息的那一天，突然有人趴在桌子上哭起来，是文子。

"怎么啦？你也吓病了？"我们问。

"我不是故意的。"她哽咽着说，"我只是看他没有收到感谢和告别，很失落的样子，就想着按照他以前的经历模仿一个感谢信物和感谢信，让他欣慰一下，谁知道他会被吓到。"

"幼稚不幼稚！"男同事直翻白眼。

"不过也是啊，他怎么可能会被吓成这样呢，不应该啊。"我们也百思不得其解。

"从头到尾，都是一场虚构。"组长突然幽幽地总结，见我们都看着他，又惊讶地问，"不是吧，你们还真信他那些鬼话？"

面对突然的询问，大家都沉默了，徐姐想了一下说："不知道。"

"我也不知道。"扪心自问，其他人也都如实回答。究竟是真的相信，还是仅仅乐于参与一场无聊的咋呼，好像连自己也没法弄清楚。

　　但无论信不信，现在都不重要了，小朱再也没回来，他的办公桌空了很长一段时间。

　　那些漫长而白晃晃的大白天，工作太乏味，生活太苍白，我们又都太无聊了，总会时不时地看向他的空位，轻叹一声，想起那段大家一起神经兮兮的日子，似乎都有点怀念呢。

08．私人侦探

一

菁菁感觉到有人在看她。

从早上刚出门到午餐时间，那双眼睛始终混在她周围的人群里，隐匿在乏善可陈的一张脸上，平平常常一个表情里。如果不是掉落东西时猛回头的一个确认，她很容易就会忽略过去。

菁菁并没有惊慌或讶异，如果再早十年，她可能会，现在的她，也许是过了太久缓慢安逸的富太太生活，情绪早已被磨得平稳如水，何况住宅有保安，出门有司机，工作地点也是层层监控保护，只要威胁不到安全，她向来对各种状况安之若素。

菁菁像往常一样，起床后先去自己的美容院里转一圈，坐坐。生意一般，但不算寥落，美容师们头发束紧，弯弯笑眼露在口罩上方，洗脸池水温刚好，一切没什么不妥。中午，菁菁去常去的餐厅吃一顿很慢的西餐。饭毕，她又去找个茶室看小说，一壶龙井消磨完，天也半黑。晚上，她不紧不慢去看个电影，或者回到家里吃零食看电视。一切如常，如果说有什么改变，大概就是日复一日平稳的心情里，反而多了一点点不那么令人讨厌的波澜，"还在跟着吗？”她时不时想一下，倒也觉得有点意思。

　　之后几天，菁菁和闺密一头扎进新开的商场带来的短暂兴奋里，把这事给忘了。再过一个月，菁菁路过时代广场，路过一条熟悉的路，想起点什么，算起来也很久没过来了，当天晚上放在了心上，第二天她就抛开司机，私自打了车来。

　　菁菁没有化妆，换上性别色彩薄弱的衣服，戴上帽子口罩，像以往每次过来一样，把自己包裹严实。下车走进小区，上20楼，左手边往里走，按门铃，就会有人给她开门，把她引进屋内。

　　屋内景象平凡无奇，普通办公室模样，几个年轻人各自伏在桌前，敲电脑，拨电话，看起来也不过是常见的白领样子。这个地方菁菁很熟悉，以前她来，要么为了调查丈夫，要么为搞清楚丈夫身边那些来路不明的女人的底细，找到老刘，一个只做熟人生意的私人侦探。无论哪种目的，都有一个共同点，就是她都怀有怨气，就像只输不赢的赌博，一无所获是失望，白费了钱和工夫，水落石出更是元气大伤，躺在床上几天无法起身。但这次不同，她心情惬意，如赴一场散漫的约会，没有什么具体目的，只为一成不变的生活找一个出口。

　　老刘把她领到一间小小的会议室，递给她一个文件夹。她打开，里面有一个U盘，几张表格，几张文档而已。老刘是个外表大众化的小伙儿，混在人群里，浑浊到难以辨识，但是办起工作的事熟稔利落，气场就上来了，菁菁把U盘递给他，囫囵去翻手里的纸，纸上详细记录了一个女人近一个月的行踪，什么时候去了哪里，干了什么，见了什么人，停留多久。老刘接过U盘，插进一台电脑，几百张照片弹出来，其中也有视频和录音，菁菁屏气凝神，一一看过去，照片里的女人一点点立体起来，尽管因为是偷拍，局限的视角和距离会浑浊一个人的形象，但还是掩盖不了她秀丽的面部轮廓，纤长的身条，极简但是富有质感的穿戴，以及出挑的神采。

老刘从没有正面见过面前坐着的这个人的长相，只当还和以前一样，替菁菁调查一些路边的花花草草，为她的婚姻排除危机，提醒道："行踪比较单一，没有发现什么可疑的交际，还需要继续跟着吗？"却没有看见口罩和墨镜后的菁菁，已经被这全新视角下既熟悉又陌生的自己新鲜得晕头转向，半天说不出话来。

原本，那不过是数月前的一次心血来潮，只是有一天她太无聊了，无聊出了焦虑，连向来最能迅速解压的购物也无法填补胸口那个阵阵揪痛的空洞，便想到找人跟踪自己来解闷，毕竟，跟踪对于她也不是什么天马行空的事，菁菁派老刘跟过很多人。这一次，也只是把对象换成了自己，为了避免刻意，她故意把跟踪时间定在几个月后随机的一周，从早上出门到夜晚回家的所有行踪。没有想到，这个无聊的心血来潮，意外让她看到了另一个世界。

结婚近十年，菁菁好久没有好好看过自己，只因为丈夫不再看她。近些年，丈夫长年住在离公司更近的公寓里，他们几乎完全是分居状态。尽管她会用最贵的护肤品打理自己，但那只是出于生活习惯，并没有上心，她渐渐已不太关心自己的美丑。

菁菁有些恍惚，想起大学时曾有个加入了摄影社团的学长，每天都会半路跳出来抓拍她，期末作品展览那一天，艺术走廊里一整面墙上全是她的照片，那些照片拍得并不专业，有些简直蹩脚，但并不妨碍照片里的她青春洋溢，魅力四射，这害得她成了全校的新闻，困扰得不敢走出宿舍门，但不可否认她的心里是骄傲的。她不记得自己什么时候，弄丢了这份骄傲，开始对自己的美视而不见。

二

之后一段时间，菁菁能感觉到自己的变化。早上她像往常一样起床出门，总是走几步又折回来，悉心为自己化一个适宜的妆，再带着微笑重新出门。工作上，她也似乎更加主动了些，特意亲自接待了两个客人，私下更是有了热情约不同的朋友出来吃饭喝咖啡。有意无意，她让自己的脚步更有力一点，整个人像一株植物往上挺拔，散发出她的勃勃生机。她想通了，尽管生活寂寞无聊了些，总还可以为自己过得有姿态一点。

每过一个月，菁菁和老刘约好时间，从他那里拿回一些照片和文字资料。她把U盘里的照片导出来，又把其中清晰得体的几张打印好，连同一页粗略记录了大概行程的表格，贴到一个厚厚的大牛皮纸本子里。那个本子已经用了三分之二，密密贴满各种女孩的照片和资料，有大学生，有刚入社会不久的新人，也有三十左右的恨嫁女，每一个，都与她的丈夫有过男女纠葛，也都曾是她让老刘调查的对象。她详细记录她们的日常，或者说珍藏她们的青春，原本为了如果有离婚的那一天，便可以以此扳倒丈夫，获得更多补偿，但坚持到后来，不如说是满足自己与空虚斗争的某种私欲。

现在，她把自己也放进这个本子里，就是想要像旁观她们一样旁观自己，形式赋予的客观角度让她可以冷静评估和感受。一个月过去，两个月过去，菁菁在两种身份中自如切换，一边做好一个丰富精彩的被跟踪对象，一边做一个冷眼旁观者，看着自己死气沉沉的生活一点点焕发光彩，这种精神分裂般的游戏让她的猎奇心理得到满足，更重要的是，一段时间内的确让她对生活重新拾起了热情。

三

但这样的热情并没有持续太久。三个月后的一天，菁菁在家拿起牛皮纸本子翻着玩，她从第一页慢慢往后看，一个接一个地重温那些被她跟踪过的女人，那些曾让她产生过嫉妒与艳羡交织的复杂情绪的脸，连同一段段生活履历、痕迹，便在她的指尖迅速滑过，颇有些过尽千帆的意味，菁菁就这样想起了心事。

她记得那些女人大多很年轻，激烈，热气腾腾，初次知道她们的存在，很容易被那股青春耀眼刺痛。现在想来，心里已经不会有任何波澜了，有时候细一回味，也会替她们发出一两声叹息。

印象最深的，是那个叫 Kiko 的大学高才生，学音乐，经常在个人网站上传原创钢琴弹唱作品，人气颇高，菁菁后来也登上去听过一两次她的歌，坦白说，确实有些被她的才气惊艳到。丈夫暗地里供养了她一年，送她最好的音乐设备，带她去听大大小小的音乐会，供她去国外著名的音乐学院进修。等到菁菁发现苗头、确认完事实，已经是 Kiko 对丈夫的供养和情感依赖越来越深，主动找来摊牌逼婚的时候，然而，菁菁没来得及想对策，丈夫却主动和 Kiko 做了了断。

丈夫对待婚姻是那么冷静、悲观，他深信所有的婚姻都会归于平淡、乏味（而事实上他和菁菁确实如此），他想要的只是不断地恋爱，而不是重复一个殊途同归的结果，因此，并不愿意大费周章地离婚、再婚。依赖的对象突然抽离，Kiko 大不甘心，前后苦苦纠缠一年，屡次被丈夫拒之门外，终于情绪崩溃，退学回到家乡。之后，菁菁再也没有在她的网站上看到任何更新。

除了 Kiko，菁菁还记得丈夫的某一任助理，靠求潜规则尝到甜头后，占便宜成瘾，无法老老实实工作，狮子大开口般一步步提出各种要求，最终被丈夫辞退分手，踏上了四处求潜规则的道路。

那些被菁菁跟踪过的女人都一样，有着这样那样的欲望或短板，她们的感情和生活，被这些欲望和短板牵着鼻子走，使她们一步步沦为生活中被动的一方，直到成为案板上的鱼肉，难以翻身。菁菁想到她们，便只看到一段段的鸡飞蛋打。

菁菁没有过多停留，紧接着去翻自己的那几页，顺便把半个人生也给温习了一遍，也许因为天气不太好，加上咖啡又喝得太多，胸口发闷，一种同病相怜的伤感便袭遍全身。

大学毕业后，菁菁在亲戚的安排下进了一家化妆品公司，做了一年销售助理，饱受喜怒无常女经理的精神虐待，却意外在私下里认识了公司大老板，之后相熟，产生好感，约会，见家人，在家人的积极怂恿下，稀里糊涂就发展到谈婚论嫁的地步，丈夫比她年长七岁。

菁菁谈不上喜不喜欢他，只为能够迅速从一团糟的现状中抽离出来、一步踏入另一种人生而狂喜不已，和他在一起的时候，这种狂喜时刻没有离开过自己，热恋不也是这种感觉吗？那就可以算是喜欢吧。菁菁想。

只是，偶像剧一样美好的开头持续了一年，两年，勉强快够上第三个年头的时候，就显露出婚姻生活苍白的底色。丈夫对她丧失了激情，开始寻觅新的恋情，而她也从对安逸生活的迷恋中清醒过来，开始分分秒秒地忍受寡淡生活内容的重复，精神的空虚。

有时候，猛地回头看看，从小到大，她并没怎么为自己活过，她所有重要决定都不是自己做主，例如大学志愿、选专业，例如找工作，例如稀里糊涂的婚姻，莫名其妙接手的美容店，她走的每一步，都是被推着移动，甚至，算起来她都没有真正谈过一场恋爱。

菁菁摩挲着牛皮纸本子上的自己，已经可以预见一个月后，半年后，几年后它将要更新的内容，不过是些一眼见底的重复。菁菁夜晚心痛得失眠，原来自己一直都是另一个 Kiko，一步步走入被生活摆布的圈套。

四

菁菁躺了一个礼拜。一周后她起身，立即把房间内最显眼的桌子清了出来，擦干净，把牛皮纸本子摆了上去，她要时时刻刻看见它，并且立志用余生去填写新的内容。

　　紧接着，她在心里做出两个决定，一个是卖掉美容院，一个是拾起小时候就喜欢但被父母责令放弃的油画。美容院是丈夫在结婚不久后买给她消磨时间的，她对此全无兴趣，她的很多富太太朋友，手上也都有这么一个经营得半死不活的美甲店、发型设计工作室。

　　菁菁决定改写自己的人生，就像改写她的牛皮纸本子，过往已经无法改变，但总还可以做主此后的每一天。菁菁开始在网上、报纸上登转店广告，同时，买回各种画画工具、颜料，又煞有介事地四处寻找靠谱的绘画老师，立刻动手学了起来。

　　过了一段时间，她再次武装完备去找老刘，老刘把一堆新鲜出炉的跟踪资料放在她面前，她颤抖着去翻动那些照片，也许是心理作用，她在照片里自己的脸上看到了前所未有的沉静魅力，专注，稳实，眼里发光。

　　她看得很慢，每一张都停留很久。老刘虽然专业，克制，也忍不住兴趣索然起来："冒昧问一下，跟踪这样一个人，您想要得到什么？"因为他发现，菁菁从来不询问和索要结果，而更加喜欢玩味那些过程。"我自然有我想要的东西。"菁菁说，"你只要一直跟下去就对了。"离开时，她给了老刘比以往更多的酬劳。

　　菁菁的店转出去了，丈夫并没有意见，事实上，这些年她做任何事，只要不影响到他的生活、他的面子，他已不加干涉。接下来，菁菁一心扑到油画上。她找到喜欢的知名画家，花重金拜了师，在老师的指导下，她开始花大量时间练习，以从没有过的热情和耐心。她只画人，见过的人，认识的，不认识的，画他们的表情。她并无惊人天赋，但也不算手拙，尤其是在内行人的指导之下，出来的作品像模像样，小有趣味。她在心里无比笃定地定下一个目标：她要办一场个人画展。

这个目标难度没有想象的大，不出半年，菁菁的画展在市内一家中型画廊开展。画廊门槛并不高，菁菁没有成为知名画家，画展也只是来了一些熟人亲友和好奇逛进来的路人，但对菁菁来说已经足够。

隔天，她忍住兴奋打开那个一路跟踪记录她的本子，看着这些日子以来她的生活剧情的转折，就像追看一部连续报道的真人生活秀节目，快感连连。

菁菁第一次感觉到，人生是掌握在自己手中的，就像开车时方向盘握在自己手里，她深深迷恋这种感觉。此前的生活，正如她的出行方式，坐在窗门紧闭的后座，来回于固定的几点一线，吃固定的东西，见固定的人，做固定的事。

但是生活，大多数时候它的面貌是那么寡淡，漫长，当一切再次趋于平稳，一种无力的被动感再次涌上来，菁菁的满足很快被消磨完。她觉得自己重新变回一条任人宰割的鲇鱼，躺在床上，想着这段日子的改变，不过是些小打小闹又徒劳的摆尾挣扎罢了。

一天傍晚，丈夫要回家取文件，顺便在家吃晚饭。菁菁像往常一样习惯性地张罗一桌好菜，笑脸相迎。

想来也讽刺，他们在一起的时间太少了，少到老刘在此前跟踪丈夫时，从未碰见过他们两个在一起的画面，所以并没有识破她的身份。菁菁苦笑。

丈夫在饭桌上推给她一盒价格不菲的首饰，只是全程避免与她目光接触。菁菁接过来，放在一边，她知道那是一份并不需要花什么心思的礼物，甚至，极有可能是让助理代买的。两人吃着饭，她想，如果光听他们的对白，要说是主人与保姆，老板与助理，也很可信。不，那些关系也不及他们之间的冷静与尴尬。

丈夫还是那个丈夫，一切都没有变，但菁菁突然就坐不住了，她放下碗筷，起身坐到另一边的沙发上。

"有什么事吗？"丈夫问。终于有了目光接触。

"我要和你离婚。"菁菁说。

五

菁菁恢复了单身。

在她的坚持下，丈夫由惊诧到勃然大怒，再到冷静地接受，拟出一份离婚协议书，签字。菁菁得到一套房子，一笔钱，整个过程没有花太多时间。毕竟，丈夫的抵触也并不是因为对她的感情，而是单纯地怕麻烦，但比起鱼死网破，那倒不如赶紧止损。

在此期间，为了避免被识破身份，她暂停了老刘的跟踪，但无妨，那个负责记录跟踪成果的本子已经在她的心里，为她记下重重一笔，自己是如何主动做出一个重要选择，改变了此后的人生。

菁菁清楚地知道自己离开了庇护，此后的道路诸多凶险，她尝试把画画练精，以此维生，其中困难琐碎非三言两语可说清。但同时，一种脱胎换骨的感觉又让她疯狂着迷，欲罢不能。

有一天，菁菁在画廊散步，慢慢享受恢复自由身的惬意，一群大学生模样的年轻男女突然涌进来，其中，有个男生闯入了她的视野。

他的长相、身形，也许客观来说并不十分出众，但那张脸上，意外地有股不谙烟火的澄净和洒脱，又因为年轻，闪光点被无限拉伸、放大，此时此刻，成为她见过的最具吸引力的事物，让她一时再度陷入疯狂。

菁菁今年三十五岁，不算年轻了，而那个男生看起来，也许不到二十五，这其中的鸿沟，远不止是十年的年龄差，如果是此前的她，多看几眼已经是格外的反应。但菁菁并没有犹豫，她酝酿好一个无可挑剔的笑容，走上前去，拍了拍他的肩膀。

不知从什么时候开始，那个记录了菁菁一步步挣脱摆布和束缚过程的跟踪记录本，已经成为她生命中最闪光、最重要的部分，她内心时时骚动，想着要用新的内容去填充它，喂饱它，否则就坐立不安，茶饭不思。

所以几个月后的一个夜晚，菁菁再次翻阅本子，通过那些照片浏览自己这段时间的巨变，一帧一帧就像放电影，还原她和一个二十五岁的男孩的相识、约会、第一次接吻、住酒店、陷入疯狂的热恋，几个月后，俩人闪婚，婚礼上的她风情万种，光芒四射。她感觉像在看 A 片，随着剧情越来越跌宕快节奏，她激动得浑身发抖，呼吸不畅，一股热流急速涌遍全身，她仰起头夹紧双腿，很快到达了快乐的顶点。

对于菁菁涉世不深的丈夫来说，菁菁身上有着不同于其他同龄女孩的魄力和自由，这让他好奇和困惑，更对他有着致命的吸引力，接触不久，他便一头栽进这段关系，越陷越深。

但当他从热恋的狂喜中冷静过来后，很快就察觉到这份魄力和自由背后，附带着某种未知的危险。菁菁的举动越来越诡异、失常，两人散步散得好好的，她会突然对着人群狂吼一声，引起惊慌，然后大笑而去，或者突然唱起了歌，如果问起来。她会无辜地解释："为什么不可以这么做，仅仅因为这样做路人会觉得奇怪吗？那么我为什么要被路人的眼光控制呢？"

是啊，菁菁的理由合情合理，细想想，她曾经摆脱丈夫的控制，摆脱安逸生活的驯化，摆脱世俗恋爱标准，还有什么能限制住她？每当她心血来潮，冒出一个念头，想要做一些不那么常规的事，便会不断被一股力量驱使："为什么不做？你在受什么控制？"接着，就会像中了邪一样，立即昏昏热热地去做。

如果说，菁菁之前的反常，仅仅算是一些无关痛痒的怪异小举动的话，那么接下来这件事，就可以说是一次质变了。那个傍晚，菁菁洗完澡裹着浴巾，湿答答地从浴室里走出来，一个念头再次凭空闪过。"我可以裸奔吗？"她兴奋地问。然后瞬间之内，她丢下浴巾，像疯了一样打开家门冲出走廊，转一圈再飞速跑回来。她笑嘻嘻地看着丈夫，像在玩一个游戏，但丈夫担忧地看着她的脸，一点也笑不出来。

丈夫惊惶观察着，他总觉得后面还会有比这更可怕的"惊喜"等着他，此时的枕边人，就像一颗不定时炸弹，他诚惶诚恐，总预测下一秒就会被炸得粉身碎骨。

果然，婚后不到两个月，菁菁给了他一个大"惊喜"，她出轨了。丈夫可以想象，她会如何自问"为什么要被道德和忠诚绑架"，然后对自己的行为感到心安理得，没有丝毫愧疚，他只觉得阵阵发冷。他没有看到的是，事后，菁菁抚摸着那个她视若珍宝的跟踪记录本，就像看见它被喂饱后满足的样子，她满脸骄傲，像领到一枚勋章。

丈夫决定找菁菁谈谈，结束这段盲目疯狂的关系，与其说是出于对出轨的愤怒，不如说是恐惧未来种种深不可测的危机。

他们一起在餐厅里吃饭，其间，丈夫一直找机会开口，但她浑然不知的神态、照旧优雅美丽的模样，一再让他心软和犹豫，吃完饭她领着他在街上晃荡，他还在找着机会，稀里糊涂就跟着她晃进了附近的游乐场。

"突然好想玩。"菁菁面露兴奋，指着高空中快速飞旋的旋转飞车，丈夫知道，她的"昏热症"又犯了。

"好的，我陪你。"他说。他拉住她的手，一左一右并排坐进了两座旋转飞车，他想最后再配合她疯一次，作为一个愉快的句点，等下了飞车，就是两人分开的时候。

飞车飞速旋转，速度逐渐加快，整个世界变得缥缈模糊起来。菁菁双眼迷蒙，看向丈夫，接着发出一种诡异癫狂的笑声。"我可以解开安全带吗？"她快乐地问。

"不可以！你会死！"丈夫吓傻。

"为什么不可以，我干吗要被死亡的恐惧控制呢？"她大笑，接着，真的动手松开了安全带。

　　只在那一瞬间，她看到地面不远处老刘的身影，和他手上的相机，想着可以往她的记录本上刷下一个开天辟地的光荣新记录，把它一次性喂到撑死。她由巨大的满足转变为惊恐绝望：也许从一开始，她就在被这份拼命摆脱控制的欲望，一步步牵着鼻子走。

09．后妈

一

那天的事是有原因的，完全不能怪我。

爸爸很早就去上班了，出门前叮嘱阿姨，记得送我去学校，最好给我做点好吃的，因为那天我期中考试。阿姨是我现在的妈妈，因为不习惯叫妈妈，所以我只好叫她阿姨。也许是没做过妈妈的缘故，她对女儿考试这种事情新鲜不已，满脸兴奋地答应了。

但他们俩好像都忽略了一点：阿姨不擅长做饭。当然心情好的时候，她也会做几个家常快手菜，就这几个快手菜，她也能像绣花一样，折腾上两三个小时，结果也只是勉强能吃。

果然，这次也一样，阿姨钻进厨房一个多小时后，"嘭"的一声巨响，一锅肉糜汤爆炸了。去学校的路上，阿姨狂踩电瓶车问后座上的我，待会儿买点什么早餐给我吃，包子还是大饼。要命的是，到了学校门口她就忘了，我刚下车往前走两步，再一转身她就不见了。结果，第一场考试到一半，我的肚子就开始叫了。

试卷上的题目，我大多不会写。妈妈离开家以后，没有人像她一样每天睡前逼我复述当天上课的内容，也没有人一题不漏地检查我的作业，整整一个暑假，再加上大半个学期，我都陷入一种猛获自由的狂喜里，玩得很疯，昨天老师划考试重点，我才发现，那些内容自己是完全陌生的。

原本，我打算蒙头乱填，碰一点分数，但是现在，因为没吃早饭，我连抓笔的力气也没有了，只能绝望地默数着时间，等待考试结束。成绩单第二天就下来了，我脸色惨白，忍着濒死的悲壮回到家。

"怎么搞的，考成这个样子？"爸爸看完试卷，一头雾水。"粗心。"我弱弱地，像以前一样回答。"这次不是粗心的问题，这简直是一落千丈！"他盯着试卷不停摇头，"你这样你妈妈肯定会气死。"

我的心马上沉了下来。

说起来，我并不怕爸爸生气，爸爸是那种对什么都无所谓、有点迟钝的成年人。就连他现在批评我的语气、用词，都是跟妈妈学的，只是因为他觉得这么做应该是对的，而不是真生气。我害怕的，正是他告诉妈妈。

妈妈和爸爸离婚以后，就去了别的城市工作，但是临走前她说过，如果我学习成绩一直很好，她很快就会来接我；如果我表现得很差，就不可能了。虽然我挺怕妈妈的，她走了以后，我好几次连做梦也被她的呵斥惊醒，但是现在我更害怕再也见不到她。一想到见不到她，就连她的呵斥也变得让人怀念。

"我明天去单位打电话给你妈妈，问问她怎么办。"爸爸轻描淡写，像在公布一个极其平常的决定，完全没注意到我已经面如死灰。

这个时候，阿姨哼着小曲从我们面前走过。也许是去超市买东西，也许只是下楼溜达溜达，她带上了门，声音轻盈地回荡在楼梯处。

"爸爸。"我猛然惊醒，"我没考好，是有原因的，完全不能怪我。"我盯着门口方向，"早上阿姨做饭给我吃，锅爆炸了，然后她又忘记买别的早点给我吃，我肚子太饿了，头晕。"我的声音很小，但很冷静，有条不紊。毕竟，我说的都是事实。

"是这样啊，不会吧。"爸爸有点疑惑。"嗯。不然怎么会考得这么差呢，不可能的。"我说。确实，以前我从没考过这么低的分数。

这一次，爸爸没有打电话给妈妈。

隔天，班主任把我叫到办公室，责问我为什么退步了这么多。因为以前的每一次家长会，都是妈妈出席的，班主任习惯了我的事都对妈妈负责。这次我考得这么差，如果她把妈妈叫来参加家长会，就什么都完了。

我想告诉她，是因为阿姨忘了给我买早饭，所以我才考得差。但是马上我就想起来，她平时最喜欢强调的就是凡事要靠自己，我几乎已经听到她打断我的话，"她忘记给你买早点，你自己不记得？连吃饭都能忘记，怎么没忘记把头带来？"

所以我只好告诉她："我爸爸不在家，阿姨不给我做早饭，也不愿意给我钱，我太饿了，考试的时候差点晕倒。"这样，一切就不是我的问题，她就不能说我什么了。

果然，班主任连连惊叹："居然有这种事，难怪！"她看向办公室里其他几个女老师，几个人似乎对我家里的情况很了解了，她们啧啧不已，用眼神隐晦地交流着。很快，她们就放我出去了。

我知道她们会说什么。"这个小孩的妈妈跑了，爸爸不管她，后妈又这么坏，难怪考得这么差。"她们肯定会这么说。但其实我没说错，不是吗？阿姨的确没有给我早饭吃，也并没有给我钱。坏不坏，是她们的理解。

那次考试之后，我在一种侥幸的快乐中，度过了一段随心所欲的生活。爸爸工作太忙，一天中的三分之二时间都不在家里，他是管不了我的。而阿姨，根本不会在意到我。

在家的时候，阿姨会提个小板凳坐在大太阳底下，慢悠悠地剪脚指甲；会花一整个下午炖上两只猪蹄（猪蹄扔进一锅清水里，扭开火，她的厨艺仅限于此），等皮肉稀烂，添上点花生红枣银耳；会给自己刮干净腋毛，喷上舒耐香体露，然后挎个自己缝的小布包逛公园去；会歪在床上看一晚上美容杂志，研究保养秘诀。

她虽然也到了中年，但是和很多中年妇女都不同，她不骂人，不管三管四，不洁癖，对别人的事都不太关心。

那段时间，我很少听课。不听课的时候，我就发呆，眼睛盯着老师说话的嘴，时不时点一下头，嗯两声，或者假装拿笔匆匆记上几笔，没有人知道我不在听课。甚至，我看起来比任何人都听得仔细。做作业更是能不亲自做就不亲自做，头天晚上把诸如抄写生词的机械作业做完，需要思考的题目本来就不多，留着早上抄同桌的就好了。

这种上学的方式完全不用费脑子，就好像每天都在休息，简直就是天堂了。快乐到头了，还能怎么快乐呢？

只是，每一次课堂小考，我都考得不理想，只有这个时候，我才有一点慌乱。我试过像妈妈以前要求我的一样，一个单元一个单元地复习，但是我已经落下了太多的功课，再怎么补救也无济于事了。

有时候我真觉得，如果我真的像班主任说的那样，有一个很坏的后妈就好了。那样的话，考得再差也是有原因的，一切都不能怪我。

只可惜事与愿违，阿姨只是不太靠谱，对别人不太在意，完全说不上坏。何况，作为妈妈，她简直是太适合的人选，她来我们家以后，是我最自在、最快活的时光。

那段日子，我经常盯着阿姨，在心里默默遗憾着。但是，在我盯着她的日子，我渐渐发现，如果非要说阿姨有点坏，其实也是说得通的。

我想起，阿姨从没给我做过夜宵，从没给我添过一件衣服，从没给我送过一次雨伞。还有，好多次我问她不会做的作业，她一开始很新鲜，满脸兴奋地朗读题目，一旦发现有点费脑子，就不耐烦了，说她也不会，让我去问爸爸。接着，她就去钻研自己的美容书了。爸爸回家我都该睡着了，于是我只能瞎填一个答案。

如果真要说起来，这些都是很成问题的。这些事情，从前也有过，只是我从没放在眼里。但现在我把它们串联起来想了一下，越想我就越觉得，阿姨也许真的像我跟同学说的那样，是一个很坏的后妈。

这个发现让我暗自高兴了好一会儿。那段时间，考试时间渐渐逼近，每个人都焦虑起来，我也是。我的焦虑并没有表现在别处，而是开始频繁地跟同学提起阿姨的事。

我们经常在体育课上，爬上单杠，荡着双腿开聊。我告诉她们，妈妈走了以后，我就没有人照顾了，我的阿姨自私、冷漠，给自己做好吃的，给我吃的都是最差的，或者不给我吃，饿我、冻我，她对我的学习也不屑一顾，巴不得我学习不好。

可能因为我太焦虑了，我说得咬牙切齿，听得她们直吸冷气。但其实我并没有撒谎，不是吗？那些事情并不是没有事实依据，只是说法不同而已。

"恐怖，这个后妈怎么这么歹毒！"她们纷纷说，"如果是我就哭死了。""我已经习惯了。"我喃喃地说。有几个软弱一点的女同学，已经向我投来了钦佩的目光。

只有这个时候，我的心里才有一些宽慰，不再那么焦虑了。

其实原本我并没有想太多，只是想让心里舒坦些，也让自己别在同学面前死得那么惨而已。但这些话还是传到了班主任耳里，也传到了全年级所有老师的耳里。

小学毕业考试那天，爸爸领完成绩单，正要冲我发火，班主任看见了，特意把他叫过去，当着很多老师和家长的面讽刺了一番。

她说："我们家长，也稍微多关心关心小孩，不要稀里糊涂，小孩在家过的什么样的日子都不知道。也该检讨一下自己和爱人为人父母称职不称职！"爸爸满脸愧色，却并没有多想，他只是不停地检讨自己对我关注太少，全然没有听到班主任的弦外之音。

所有的老师、家长，都在窃窃私语，尽管声音很小，我还是听到了。

"这个小孩好惨。听说妈妈不要她了，后妈对她很差。"

"真是不容易，怪不得成绩不好。"

"是啊，真是不容易。"我喃喃地重复着，所有人都这么说，那就肯定没错了。一切都是有原因的，不能怪我。

二

上初中的时候，妈妈每个月都会打一个电话来，询问我的学习情况，并且承诺，如果我痛改前非，在学习上好好表现，暑假就会接我去她那里住一阵子。

我忍住激动和欣喜，暗自制订了一套严密的学习计划，打算向一个尖子生迈进，并且每一天都期待着下次在电话中能有好消息告诉她。

但是很快，我就感觉到事情不像想象中那么简单。长久拖下的懒散习惯，让我无法专注于书本，上课也不自觉地从头到尾走神，勉强逼自己坚持五分钟，就吃力万分，身心俱疲。第一次全年级统考并排完名次后，我就撑不下去了，我不敢接电话，但电话又是一定要接的。

我能怎么办呢，我只得再次搬出阿姨的冷漠和自私，但是我还没提到阿姨，妈妈就打断了我。"妈妈不信，一个外人关心不关心你，有那么重要吗？她只要没伤害你，不会影响到你的学习的。""嗯嗯，妈妈，我知道。"我的声音小了下去。

我还能怎么办？我应该马上洗心革面，从头开始，严谨地按照计划，吃透每门课的每个知识点，不再找什么借口。可是那太费劲了，太沉重了，我一坐在那堆陌生的知识点面前，就头皮发麻，实在是下不了这个决心。我想，妈妈觉得阿姨不伤害我，就跟我没关系，那如果有伤害呢？

所以，接下来这段时间，我一边像往常一样维持着与阿姨不远也不近的关系，一边捕捉她作为一个歹毒后妈伤害我的证据。而阿姨，确实有些太不争气了，只要稍微盯她一会儿，就会发现她全身都是漏洞，一切都不能怪我。

她刚刚迈入四十岁，似乎开始疯狂怕老，养颜汤炖得更勤快了些，美容书更是不离手，又总是在卫生间待很久，涂各种水、乳液、面膜，然后狂拍自己巴掌。

早上我赶着去上早自习，起床后卫生间门总是关着，伸头出来探了好几次还没打开，我要等她出来，才能进去洗漱，也就因此迟到了好多次。有时候，我只是稍微起晚了一点，但我索性动作放慢，迟到到底，或者干脆不去了。

放学回来，她又总是在客厅放健美操教程，一个外国女人在电视机里铿锵有力喊着节拍的声音，我听了也忍不住跟着喊起节拍，心烦意乱。我路过客厅，她必定停下跳跃，笑嘻嘻地问我"打扰你吗"，我说不打扰。我当然说不打扰，我恨不得她再跳得动静大一点，恨不得所有人听到，这样妈妈也会知道了。

有时候，阿姨也会心血来潮地给我买一件新衣服，或者塞一瓶牛奶在我的书包里，甚至有一次，为我削好一盘水果，切成块，插上牙签，端进我的房间里。

　　每到这种时候，我都惊慌失措，头疼不已，事情由简单（她只是一个坏后妈）变得复杂无比。但是我转而一想，她拿这些小小的好处来动摇我，使我内疚，也必定是她坏的一部分而已，我完全不必中套。

　　我只要不露声色地培养着她的种种不自觉，然后攒起来，在电话里，原原本本地告诉妈妈，告诉她我在这样的环境里，完全学不下去，实在不能怪我。

　　我理直气壮，因为我并没有撒谎，也没有夸大其词，我说的这些事，确实是阿姨所为。

　　"真的假的哦，那你要提意见。"妈妈终于开始相信，"我要跟你爸说，怎么有这样的人。"又说，"但是你其实可以排除这些因素的，这么小的问题你应该能搞定。妈妈工作太辛苦，暂时还不能来接你。"

　　"噢，噢。"我点头。

　　"你中考考得好，妈妈就来接你。"于是我就等着中考。

　　我在浑浑噩噩中，度过了很长一段时间。这期间，什么都没有变，爸爸和以前一样回家晚，阿姨和以前一样研究延缓衰老的秘诀，最近又开始练习冥想，香薰蜡烛点着，整个家都是冲人的香味。

　　只有我，渐渐滑向无助和茫然。我发现自己再也拾不起以前专注做一件事的能力，并且习惯性逃避任何费劲的事情。我变得软弱，不堪一击，一道稍微有点难度的数学题，就能让我焦虑得抓挠自己，手臂上全是红印。

　　有一天，我正坐在客厅，痛苦万分地纠结着一堆习题册，阿姨突然冲出来质问我："你是不是跟你妈妈说我天天影响你？"我慌了。她一直只关心自己的事，别的什么都蒙在鼓里，像这样当面质问我，还是头一次。

"你过来。"她拉我的胳膊，把我往里屋拽，"你跟你爸说清楚，我是不是每次都先问问你会不会受影响？他怎么能说我不自觉。"

我不想去，那样尴尬的场面，对我来说太麻烦了，太头疼了，我实在是无力面对。但阿姨还是在拽我，我抓住门框拼命抵抗，她有点惊讶和不解，却并没有停手，我只好顺势栽倒在地上。也是怕爬起来还是要进去面对，我使了点劲，狠狠砸在墙角，一阵眩晕。

这天，这件事，很多人都知道了。妈妈甚至匆忙回来了一趟，和爸爸大吵了一架。妈妈走后，爸爸就很少和阿姨说话了。

所有人都知道了，爸爸娶的第二个老婆，虐待他的女儿，平时就不正经，天天唱歌跳舞吵女儿学习，女儿不满，就把女儿的手臂上抓满抓痕，这次居然直接把她推到墙上撞晕了。当然，他们了解得这么清楚细致，全因为我的转述。谁会不相信我呢？我手臂上的伤痕还在，头上甚至贴着纱布，没有人不信我。

可是，我并没有撒谎，我说的那些事，她通通做了，不是吗？一切都不能怪我。中考，我考到全市最后一百名，考入了最差的高中，这不能怪我。在混混遍地的高中，我依然也是成绩排名最后的一小撮人，这也不能怪我。

全因为我的命运，全因为我歹毒的后妈。在这样的背景下，我能做到这样，就已经不错了，谁还能说我什么呢？

妈妈依然在电话里叮嘱我好好学习。她说，好高中歹高中都一样，只要有毅力，照样能考上好大学，只要我不断有进步，考上大学了，她就回来接我。

我从哪里不断进步去呢，我已经彻底地、彻底地失去面对一团糟糕、硬着头皮把它变好的能力了。每次接她的电话，我实在是有苦难言。

我只好给她看我的新伤。

我借用班里一个同学的手机，不断地发照片到她的邮箱里。有时候是一片瘀青，有时候是红肿的、留着巴掌印的脸，有时候是被扯下的一团团头发。最严重的一次，我的脸被划开一条深深的口子，它太显眼了，只要是看到我的人，都会第一眼注意到它。

谁会不相信呢？这全是我那个歹毒的后妈做的，她因为恨我揭露了她的为人，所以一天一天，变着法儿地折磨我。只要我这么说，谁会不相信呢？

爸爸和阿姨离婚了，阿姨走时，眼含恨意地指着我，半天也没说出话来。爸爸挥开她的手，说行了，够了。妈妈终于回来了，每天照顾我备考。高考近在咫尺，她和爸爸虽然早已没了感情，但为了我，还是装着和气的样子，一切都和很久很久以前一样。

但其实什么都不同了。高考一天天逼近，我才知道问题有多严重，我拿起一张高考模拟试卷，发现没有一题会写，一题都没有。只是这时候，阿姨已经走了，我再也没有办法了。

高考的前一天，我彻底病倒了。我的病不是发烧，也不是感冒，而是彻底瘫倒在床上，胡言乱语，怎么都起不来。我不停地重复："阿姨，我错了，不要再打我了，不要再掐我了，我错了。"

爸爸请来了医生，看了半天也没有头绪，妈妈哭着要背我去医院，但只要一碰我，我就号啕大哭，抽动身体，发出撕心裂肺的喊叫。我已经没有办法了，我不知道走出这扇门，有多少残酷的东西要去面对。

我逃过了那次高考。很多人说，是阿姨害的，是阿姨长时间的虐待，让我那段时间精神出了问题，阿姨害了我一生。我能怎么说呢，确实是这样的。

很久很久以前，我也有过对各种难关应对自如的时候，我也曾是一个成绩很好的小学生，镇定自若地坐在考场上，完成一场场考试。只是阿姨来了以后，我就开始步入找借口的深渊，然后什么都乱套了，什么都毁了。仔细算起来，我确实没有诬赖她，这一切都是她的错。

这一切都是有原因的，通通不能怪我。

三

高中毕业以后，我上了一所交钱就能上的大专，度过了一段无所事事的时光，又很快被分配进一家小公司做文员，每天打字。

我喜欢这样的生活。不费吹灰之力，又没有什么需要去争取的东西，更没有没完没了的考试要应对。我以前从来不知道，长大以后是这么轻松。这应该就是幸福了吧，还能怎么幸福呢，我真想不到。

坐在我对面的姑娘，跟我年龄相仿，却处处跟我天差地别。她每天像打了鸡血一样，第一个到办公室，开窗通风，往地上洒水，然后开始埋头忙碌，晚上也是最后一个离开公司的。开会更是积极万分，抓住一切机会发言。在走廊碰到了，马上咧开大嘴朝你笑，这个姐那个哥地叫个不停。

后来我还发现，她为了节食不吃晚饭，并且下班以后走三四站路回家，晚上还要做床上瑜伽和面部按摩。平时更是每天三种水果，五种蔬菜，样样不疏忽。

她常常盯着我的脸，满脸真诚地告诉我："你有一点点微胖了，如果能减上五斤肯定会美很多。"或者是，"你的皮肤有点暗沉，敷点薏米水比较好。"

我马上躲开她，"谢谢了，不用。"我想，活成她那样，也太累了，太费劲了吧，倒不如死了算了。

我是有点胖，并且皮肤懒于保养，让我看起来比我的实际年龄大不少。除此以外，我在公司逗留的时间能少则少，工作勉强完成就可以了，和人迎面相逢，我都是低下头假装找东西，尽量避免正面接触，免得啰唆。但是有什么关系呢，我一点也没觉得比起她，自己损失了什么。我就是喜欢这种惬意的、毫不费劲的生活。

有一天，办公室里新来了一位长相英俊的男同事。据说，是从大公司过来的，打算在一个新的领域从底层做起，这里就是他的新开始。实在是很帅，五官像拉过皮的梁朝伟，身高体形也都适中，致命的是，几天接触下来，他的性格也温文尔雅，不紧不慢，一切都是那么无可挑剔。

我们公司的男同事，不用提了，大多是矮男，并且要么猥琐至极，要么成了妇女之友，成天和几个婆婆凑在一起八卦上司的感情问题。他的到来，一下子成了一种醒目的存在。

婆婆们是最先下手的，她们早已结婚生子，并且上了年纪，知道万万没有希望，所以尽管放心大胆地在微信群里合伙调戏这位帅哥同事，语言又黄又烈，直说得他不敢开微信。只有对面姑娘和我，从来不参与这场无聊，因为我们都抱有期待。

我们都单身，并且年轻，是这间办公室里仅有的两个有希望的人。我很快就注意到她的变化：漂亮裙子每天一换，半个月不带重样，并且妆容越来越花心思，说话也开始轻声细语，不再露出牙龈痴笑。

我看了看自己。我竟然从没发觉，我已经长成了一个偏胖的、面容浑浊的成年人，由于懒于打理，我的发型、眉形、穿着、举止，通通又杂又野，完全没有一个年轻女孩该有的样子。

我暗自挑了条修身的连衣裙，在一个傍晚把它套在身上，又笨拙地把头发梳成温顺的样子，但是一站到镜子前，我就泄气了。我的那些无法掩饰的赘肉，过于黯淡粗糙的皮肤，这些都不是一天两天能够解决的问题。

我想，如果换成对面姑娘，她一定会鸡血冲天地制订一个详细无比的改造计划，什么都难不倒她。可是这一切对我来说，远远没有这么简单。我呆呆地站在镜子前，恍惚间，我感觉自己又回到很久以前，面对一场毫无准备的考试时，那种手足无措。

太费劲了，一切都太费劲了。一想到要硬着头皮去改变这个残酷的、失败的现状，我就被惊恐和抗拒压得疲惫不堪。

没有多想，我打开了微信，点开他的头像。

一开始，只是一些同事间的寒暄，我特意派出一件不大不小的公事，来与他讨论。但他实在是太好说话，太容易被打开，我还没费什么力气，就把话题牵到童年往事上了。

他跟我说，他小时候是那种中规中矩的好学生，奥数获过一等奖，跳过级，获得过大大小小的奖状、荣誉。他喜欢挑战，很享受在一个新的领域慢慢把自己修炼成高手的过程。"只是，"他惆怅地说，"只是感觉像失去了童年。"透过微信我能听出，他的抱怨也是那种漫不经心透露着骄傲的抱怨，我听着听着，心就灰了下去。

过了一会儿，我跟他说，你已经很幸福了。他说是吗，我说是的。我说，如果不是那件事，我也会有一个幸福的童年。

我从最早最早，父母的争吵说起："其实那个时候我就察觉到一切都不对了。"到他们的离婚："他们根本想也没有想我的感受。"到后妈进入我的生活："她看我就像看一颗扎眼的钉子，一只饱受嫌弃的拖鞋，一切多余的东西。"

"她瞒着爸爸，不给我饭吃，经常把我饿得半死。冬天也不给我衣服穿。""到后来，她就开始打我啦。她把我的手臂掐得青一块紫一块，把我的头发揪住往墙上撞。还有哦，我脸上其实有个疤你有没有印象？没印象也没有关系，改天你可以留意一下。""她想方设法把我除掉，但是我没那么容易被除掉啊，我独自忍受，对抗这些东西，因为我知道都会过去的。"

我尽量让自己的声音平稳、冷静，我知道微信那头的他在听。他会怎么想呢？我不知道，我管不了那么多了，只能放手一搏。

过了很久，他终于开始说话。他说："看不出来，完全看不出来。"他的声音有些颤抖，我不知道是不是网络不稳定的原因。"会不会很丢人？"

我有一搭没一搭地引他说下去。"不会，当然不会。"他赶紧说，"看外表完全想不到你是这么有故事的人。"

我们每天晚上，都会在微信上聊到深夜，我发现，在说起那段往事的时候，我简直是轻车熟路，信手拈来。到后来，我也分不清哪里是真，哪里是假了。我只知道眼前的一切都是有原因的，通通不能怪我。

我们在一起了，他说，我身上有一种被苦难磨出来的质感，让他深深着迷。我不置可否，只是好好享受恋爱的甜蜜。但这甜蜜并没有持续太久，很快他就对我的故事感到乏味了。

在我又一次跟他提起阿姨的时候，他微笑着，尽量委婉地问我："可不可以说点别的？你没有别的可以说了吗？"我哑口无言。

分手的时候，我并没有纠缠和挽留。虽然心里空落落的，但我更多地感到的是松了一口气。我想，何必那么费劲、患得患失地过日子呢，我更适合一个保险的、不费吹灰之力的未来。

所以在后来，一个资质平平但小有资产又竭力对我好的男人向我发起追求攻势时，我并没有多想，就答应他了。

他确实太平庸了。他的年纪比我大将近二十岁，长相算是有些丑陋，甚至，身后还拖着一个上小学的女儿。可是，他有自知之明，始终放低姿态对我好，懂得知足、珍惜，这些缺点又有什么关系呢？

再说这个女儿，因为不是我自己的，省去了很多担惊受怕，又让我暂时免于考虑生孩子的计划，简直太惬意。我只要在特殊时间场合，比如过年过节，稍微表表心意就行了。我可以给这个"女儿"买点新衣服，好吃的零食，或者给她做一次饭，丈夫就会非常开心。别的，我都不用瞎操心。

一天，女儿考试，丈夫临时有事，没空送女儿去学校，让我代劳。我开着车送女儿，一路上跟她聊天，她给我讲班里好玩的事情，讲同学们怎么在愚人节对老师恶作剧，我们都笑得不行。我觉得，这么可爱的女孩，如果是我亲生的，我一定也很喜欢她。

只是当天晚上，丈夫接完女儿，就跑来问我，是不是早上开车开得急了。"没有啊，怎么了？"我完全不记得有这回事，不解地看向他身后的女儿，女儿往后退了退，没有看我。"没有就算啦，哈哈，小孩子嘛。"丈夫开始打圆场，"一个考试也不算什么事。"

我便明白了，蹲下来问女儿："可不可以告诉阿姨，是怎么回事？"也许我的语气太严肃，吓着她了，她哭了起来。"你不要哭啊。"我掰着她的肩膀，催促道，"大胆地说出来，是怎么回事？"

"阿姨车开得实在太快，我晕车了。"她哇哇大哭，还是不看我，"后来，我就在考场上吐了，考试也搞砸了。"

10．一把钥匙

大院里住着好几户人家，其中一家是一个离异女人带着两个上小学的女儿。

因为两个女孩总是丢钥匙，女人就不再配新的了，全家共用一把，放在房门顶上。

每次女人下班回来，每次两个女孩放学回来，都会左望望右望望，然后手往房门顶上一摸，摸出钥匙开门。

出门的时候，她们把门一关，左望望右望望，然后手往房门顶上一摸，钥匙就放上去了。

但如果回家时看见院里有旁人，她们就会笑笑说："啊，钥匙没带，我等家里人回来。"然后坐在门口的石凳子上。

一直坐啊坐，坐到院里没有旁人了，她们就拍拍屁股站起来，手往房门顶上一摸，摸出钥匙开门。

如果出门时看到院里有旁人，她们就会锁好门把钥匙放口袋里，然后慢慢往外走，一分钟五步，两分钟十步。走到院里没别人了，就迅速转身，手往房门顶上一摸，钥匙放上去了。

　　但这个大院里住的人很多，所以大多数时候，旁边都是有人的。所以，她们一家人很麻烦，办事效率低，上班的迟到，上学的也迟到。每一天，你都能看到她们在门口来回踱步，对人傻笑，慢慢耗时间。

　　直到有一天，一个小孩在对面窗户里看出了这家人的猫腻，看到她们手往房门顶上一摸，多出来一把钥匙，小孩告诉了其他人。"难怪！"好多人连拍大腿。

　　之后，这一家人只要左望望右望望，保准十秒内整个院子的人消失得无影无踪。

　　从此，这家人办事效率变高，上班的很早就能出门，上学的也很早就到学校。

　　但逢年过节，有人来家里请她们去吃糕点，等她们锁好门，一转身，人家就没影子了。

　　她们也请别人来家里玩，别人没心没肺跟在身后，只要一走到门口，撒腿就跑。

　　这家人感到很困惑。

　　当然，总有些时候，院里有人忘了回避，不小心看到了女人放钥匙拿钥匙的全过程，等反应过来，已经来不及逃开了，坐在原地摇着头自责不已。

　　女人极为紧张，经过一番思想斗争，决定把藏钥匙的地点换成门口的擦鞋毯下。

　　一次，一位远道而来的亲戚来家里做客。女人想，既然是亲戚，用不着忌讳。于是她当着亲戚的面，伸手往房门顶上一摸，呀，怎么没有钥匙！

　　妇女左摸右摸："不得了了，钥匙丢了！"亲戚就帮她摸，边跳边摸，门头都摸热乎了还是没找到钥匙。

　　俩女孩你望望我，我望望你，眼神交流。

　　妈怎么忘了钥匙换地方了？

　　笨蛋，没忘记，这不是有人嘛，不能当别人面开门啊。

　　哦。

　　于是，俩女孩就看着亲戚和妇女，跳啊跳，摸啊摸。

　　你打算怎么办？最后亲戚说。

　　能怎么办，你大老远跑来总不能这样耗着啊，这天多冷，你帮我把锁撬开吧。女人无奈地说。

　　好嘞。亲戚说，接着，就砸开了门锁。

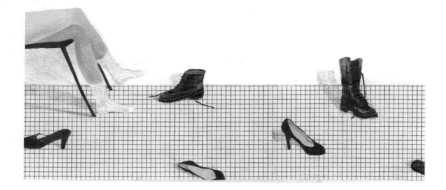

11. 游戏规则

酒吧不是张馨自己想去的，只是下班后一个同事提议了一句，整个办公室的人都热情响应。于是现在，她就稀里糊涂地坐在嘈杂的酒吧里了。

这样的场合她本来就觉得没意思，坐不住，她喜欢的只是舒舒服服待在家里，哪怕什么也不干。她想喝完手中的一大杯冰可乐就先走，但是晚了，她的组长已经站了起来，怂恿大家玩"无节操大冒险"，如果现在起身离开，未免太扎眼了，她只好老实坐着，陪大家玩一局再走。

游戏很简单，转动桌上的转盘，转盘有两个指针，分别标记着输和赢，它们指向的人，就是输家和赢家。组长是个长相秀气的年轻人，只是有点不正经，此刻他狠狠提出一些具有揩油性质的奖惩措施，比如输了的人让赢了的人摸胸、打屁股，或者是满足别的一些条件。

几轮玩下来，已经有一些女同事和男同事被摸胸或者打屁股，或者被迫脱下一件衣服了。张馨早就想走，但是大家正玩得满脸兴奋，她不好意思突然站起来打断他们。她想，那就再坐一小会儿吧，总不至于那么快就轮到我吧。但事情就是这么不巧，转盘再次停下来，输的指针指着的正是她，而赢的那端，指着组长。

　　张馨已经目睹了组长毫不留情地把玩前台女孩的胸部，现在他就要在众人的眼皮底下对她做同样的事。估计她的表情太难看了，组长半天没有动手，他说："摸胸打屁股就算了吧。"有人说："也对，老是这几样也没意思，换别的吧，舌吻怎么样？"有人开始欢呼。她悄悄看向组长，组长却没有看她，过了一会儿他说："算了吧。"

　　"是哦，这种游戏还是不要毒害小女孩了。"坐在张馨对面办公桌的鑫姐说。鑫姐已是两个孩子的妈，看她的眼神充满类似母爱的一种东西。

　　"做人还是要有底线。"又有个男同事坏笑道，"毕竟夺走人家的初吻是要负责任的。"

　　人群哄笑起来，很快又继续投入到游戏中，组长也是。张馨看着他恢复了刚才的热情，转盘转得飞快，接着真的跟人舌吻起来。也许是因为最近那个难啃的业务太累人了，也许仅仅是酒精的作用，大家都有些 high，她走的时候，也没有人注意到。

　　她觉得自己应该庆幸逃过一劫，应该松一口气，可事实完全不是这样。

　　组长平时就爱开一些没节操的玩笑。每次来办公室，他的嘴是绝对不闲着的，办公室里女同事多，组长就从过道旁的鑫姐，到张馨所在的那一排办公区，再到她身后那一排，一直蜿蜒到另一扇门外的前台妹子，一个一个，不紧不慢地调戏过去，有时候男同事也未能幸免。

　　比如今天，组长大老远就开始吆喝："小吴啊，我昨晚开好了房间你怎么放我鸽子，你技术是出了名的好，但是你这么干以后谁还敢约你！"

　　小吴是张馨左手边的胖姑娘，此刻正在往嘴里狂塞煎饼果子，等大家都起哄够了，小吴也满脸通红地跟在组长身后追打够了，组长才慢悠悠地抖出后面的包袱。

　　"今晚老地方，你记好房间号啊，欢乐斗地主视频专区十五号房。"

　　时间久了，整个公司的人都沾染了这个习惯，话不会好好说，一开口都是极尽猥琐之能事，口味最轻时也是屎尿屁满天飞。办公室的每个角落，都浸淫在一种饭桌上喝着啤酒扯淡的气氛里。

　　但是，无论他们开什么样的玩笑，都会像这次在酒吧里一样，唯独绕开张馨。

　　组长如果有事找她，都是简明扼要地交代完事情，道谢，走人。礼貌有加，全无废话。

　　女同事们也差不多。有一次，她们围在饮水机旁等水烧开的间隙，讨论起了男人的鼻子形状和那方面厉害程度的关系，并给公司的男同事们依次排名，张馨站在一旁听了一会儿，她们立刻大惊小怪地驱赶："哎呀，不要学坏了。"

　　"谁又不是不懂。"她默默反驳。

　　女同事们对张馨并不差，有几个人甚至拿她当妹妹一样关照有加，组长对她也不差，他保持着一个上司对下属最佳的距离和尊重，经常对她说辛苦了，谢谢。但在开玩笑方面，所有人都不约而同地选择忽略她，屏蔽她。

　　张馨想，她并不是期待他们跟自己开玩笑，说实话，她向来反感他们说话的方式，像在比赛谁更脏，尤其是组长。每次组长迎面走来，她都别过头，或者低着头，就是为了避免他突然心血来潮，开起她的玩笑。但是这次在酒吧的事，却让她心里多了个疙瘩，她看着他们尖叫着疯成一团，就像一群发情的野狗，第一次有了一种被孤立在外的感觉。她心惊肉跳地发现，自己竟然一个朋友也没有。

下班后张馨独自回家，那条通往公交站的天桥路比平时更长，更乏味，更让人生厌。张馨看看自己，觉得并无不妥之处。她长得不算难看，也远远没有漂亮到有威胁性，所以应该不会在这方面让人讨厌。处事方面也无可挑剔，她努力做好本分工作，文件和桌面都干干净净，平时友善待人，从不多舌，如果与人有分歧，她都是抢先退让，别说分歧了，即使在走廊上狭路相逢，她也是远远让道的那一个，所以从没得罪过人。无论从哪方面看，她都不应该受到排挤。

但是很快她就明白了，问题就出在这里。

用她一个中学同桌当时的话来说，跟张馨相处久了，会感觉很"寡淡"，为了避免歧义，同桌特意在草稿纸上为她写了一遍这个词。同桌说，那是一种特殊的圣女气场，常见于好学生、书呆子身上，能让方圆几百米的男生难以近身。当时，班里的男生一夜之间发明出新的欺负女生手段——弹女生背后的胸罩松紧带，她是在回答为什么从来没有男同学弹张馨的问题。

"你缺少一种常人都有的暗黑气质。"最后，同桌若有所思地总结道。

此刻，张馨心里惊了一惊，本以为长大了，步入社会以后，就能摆脱中学时的孤独，没想到并没有。她能想象到，在组长和其他同事眼里，她的本性就像一张白纸，刻板，空洞，为了保险起见，还是不要乱开她的玩笑为好。

她瘫坐了好一会儿，屈辱和委屈涌上来，眼眶很快湿热：为什么过了这么久，自己还在重复着少年时期的失败？

隔天，张馨再次走进办公室，说话的语气措辞全变了。"午饭吃他妈啥？"她朝负责订餐的同事吆喝一声。

见同事愕然看着自己，张馨暗爽，又补充道："昨天吃的那什么玩意儿，太难吃了。"接着，留下一个潇洒背影扬长而去。

一转身，她的脸唰地通红。"忍忍就好了。"她告诉自己。昨晚，她颓坐到深夜，仔细对比了办公室里几个将玩笑开得很溜的人，发现他们都是脏话不离口。这对于她并不简单，从小到大，她只有气极了才会骂一两句小狗、猪，在这方面词汇量实在匮乏得可怜。想想真是无趣到可恨啊。好在，她的模仿能力不错，只要从她身后那个矮个儿猥琐男的粗俗口头禅里摘取一些关键字，时不时拿来用就行了，这并不难。

如果旁人仔细观察，很容易就能发现张馨在穿着方面，也风格大变。

几天前的她，看看镜子中的自己，大夏天的，浑身裹得严严实实，衣服主要购于优衣库、无印良品，以黑灰褐三种颜色的家居款为主，远看就像个中学教导主任。

"啊，太成问题了！"她换位思考了一下，模拟着其他人的视觉感受，只觉惨不忍睹，很快把目光移开。

她决定让自己的形象跳跃一点，不再那么中规中矩。她上淘宝搜索"性感""惹火"的字眼，最终将目光锁定在一件"夜店风闪亮紧身裙"上。

裙子很快到货，她犹犹豫豫穿上它，扭扭捏捏出门，乘地铁，上班，出现在办公室所有同事面前。

倒水的时候，张馨在公司玻璃门上看到自己的影子，那是什么样子呢，袒胸露乳，腰身被紧紧包裹，活像一条蠕动中的蛇，蛇皮表面挂满金黄色塑料晶片，每动一下就带起几缕耀眼的反光，没有一处不传达着别扭。

别扭就对了，她想。比起从前的悄无声息，面目模糊，她更享受现在这个醒目扎眼的自己。她高昂起头，享受目光洗礼，狠狠按捺内心的新鲜兴奋。

"发烧啦？"组长把手伸到张馨额头前，试了试温。

这时距离上次的酒吧事件，已经过去一周，在其他同事惊奇目光的轰炸后，组长终于也有了反应。

"哼！"张馨嗔怪一声，掉头就走，转身的片刻，发梢故意甩在组长脸上。组长一脸茫然，站在原地。

张馨满脸神气，虽然只是组长的一句简单的玩笑，但这在以前是从未有过的；何况，组长的语气里透满亲密的戏谑，这让她有些腼腆，也有些甜蜜，脸很快红了。

"别放在心上，他这人就这样。"身后有人安抚地轻拍她的肩膀，她一回头，是鑫姐，正以母亲般温柔的目光看着她。

"不不，没事，我也跟他闹着玩呢。"张馨赶紧辩解。

"下回他再这样我帮你说他！"鑫姐继续安慰，"你一个小姑娘家的，他也真是。"

张馨哭笑不得，只好闭嘴。

同时，她不露声色地观察其他人，她希望除了惊诧以外，同事们会慢慢习惯这个新的她，不再对她特殊对待。她想象着那一天：办公室里那些男男女女，也开始对她开一些无节操的玩笑，他们一起推推搡搡，嬉皮笑脸，空气里全是亲昵和谐。

过了半个月，一个月，预期的事情没有发生。同事们确实会对张馨多看几眼，偶然也会无关痛痒地询问一两句"衣服怎么换风格了"，但除此以外，也并没有变得更亲近、与她打成一片。

有一次，午饭时间，张馨见几个女同事围坐在一张餐桌边吃饭，热闹地讨论着什么，她也捧着餐盘坐进去，其中一个叫朱朱的女同事正吐槽前男友在床上的奇葩小习惯，因为说得太起劲，嘴里不停喷出饭粒，其他几个女同事也都聚精会神地听着，以至于都没有人注意到张馨的加入。

张馨坐了一会儿，就觉得面红耳赤。朱朱是个笑声爽朗到惊悚的糙妹子，没心没肺，那些私密的男女之事，不断被越挖越深，细致到一寸皮肤，一根体毛，伴以她超高分贝的抱怨。张馨没有像以前那样伸伸舌头走开，她让自己坐定，不露声色地听下去。在朱朱接连娇嗔着咒骂前男友后，张馨瞅准空隙，爽朗地打了一下她的肩膀，大喝一声："小婊砸！"

张馨这么说不奇怪，她总是在微博上看见一些女人之间互损，称对方为"Bitch""小婊砸""小贱人"，那种流露着任性的亲热屡屡让她既鄙视又羡慕。但女同事们还是被她吓到了，她们愣了两三秒，接着久久地面面相觑，像在心领神会一种不好的感觉，更糟糕的是，看起来她们似乎不止一次对张馨的事有过这样的眼神交流。但是很快，她们巧妙地把尴尬的沉默转化成了尴尬的傻笑，笑得肌肉僵痛。

她们的笑声让张馨大受鼓励，张馨乘"胜"追击，也顺着话题吐槽起自己的前男友。"你们知道吗，我以前有个男朋友，每次只有五分钟。"

"真的假的哦？"女同事们再次面面相觑。

"真的啊，还有个男朋友更奇葩呢，必须要穿上我的衣服才能进行下去。"她翻翻白眼，表达一种"无力吐槽"的无奈。

"呕……"

桃色八卦果然受用，三言两语，女同事们的注意力就被牢牢吸过来，询问更细的细节。

张馨确实交往过一个男朋友，那是一段乏善可陈的恋爱经历。两人在漫长而无聊的大学时光里，一起上公开课，互相替对方占座，一起去食堂吃饭，共享一碗番茄蛋汤，每天形影不离。在男朋友的央求下，也去大学城里的百元旅馆开过几次房，但两人都不得要领，张馨数次感到痛苦，后来就再也不愿意了。

现在想想，她简直为自己恋爱经历的单薄感到羞耻，有谁会愿意与一张白纸多费口舌呢。她狠狠心把唯一的一段恋爱过程分在多个"前男友"身上，最后干脆编造出几个一夜情对象，以及他们的蠢事糗事，对他们大肆嘲讽，引得几个女同事时而瞪大眼睛，时而爆笑连连。不久，朱朱在一阵惊人的爆笑后，顺手就大大咧咧地与她勾肩搭背了。

"聊什么那么起劲？"组长适时走来。

"你问她，你问她，唉妈，不行了。"朱朱捂着肚子，笑得缓不过来。

组长看向张馨，张馨的脸再次涨红。"聊你们臭男人。"她丢出一句，又忍不住补充一句，"一个个精虫上脑，智商负数。"

组长尴尬傻笑，几个女同事笑得更猛了，张馨简直心醉。

那次之后，张馨经常主动谈起最近约过的男人们。她总是趁大家都无所事事时，漫不经心地吐槽一两句最近的水星逆行，导致自己总是遇到烂桃花运，通常都会有人对这种事好奇，探头询问，她便不紧不慢地讲下去。

那些真真假假的"男人"，要么是有过一面之缘的朋友的朋友，要么是微博私信、微信"附近的人"里过来搭讪的，要么干脆是马路上径直走来要号码的陌生人。在张馨的口中，他们无一例外，都跟她有过肉体关系。她轻松而随意，俨然一个饱经情事的老手，谈笑间皆是潇洒，让人不得不对她重新认识。

变化先是一个点，再一点一点蔓延开来。自上次午餐时间的闲聊之后，朱朱首先像意外获得宝藏一样，频频凑到张馨的座位上，与她分享最新的无厘头恶俗八卦，聊她约会过程中的小困惑。她与张馨座位之间只隔一个走道，此前她总是走五六米，绕到另外几个年轻话多的女同事座位上，现在为了方便，她歪一下身子就可以找张馨说。

张馨则会蜻蜓点水地回她几句方案对策，言辞生猛犀利。"泡男大师！"朱朱咋咋呼呼地赞叹，也许是当局者迷，轻易就能被任何另辟蹊径的点评折服，又因为交朋友的新鲜感作祟，几天下来，她恨不得把张馨当作头号闺密。

　　人群很容易被洗脑，不久就也顺嘴跟着叫张馨"泡男大师"，连鑫姐也在她点评完朱朱的小破事之后，笑着调侃："姐姐我自愧不如。"

　　张馨嘴上笑骂着狡辩，心里美得一上午做不进去工作。她望着组长每次走来的方向，心想他会不会这时候过来，但他并没有。

　　七夕那天，老总组织全公司人去KTV唱歌。女同事们和张馨穿上约好的吊带同款裙，勾肩搭背涌上了车。这样的场合，她向来觉得乏味，坐不住，所以能躲就躲，现在回看过去，才知道从前的自己有多封闭、愚蠢。她蹦跳着，尽情享受众人围聚在一起的氛围，不停碰杯，加倍把以前漏掉的酒补回来，结果，她比任何人都先喝醉。

　　服务员关掉了套间所有的大灯，只留下点歌屏幕的光和零星几缕跳动的散光，有人抢着话筒唱起快节奏的歌，更多的人只是跟着节奏瞎跳瞎叫，组长也在其中。

　　过了一会儿，组长和另外一个男同事，就开始轮流搂着不同的女同事跳着滑稽的贴身舞，嘴里不时发出怪叫。张馨挤过去，闪进组长怀中，搂着他开始跳舞，但很快她就被人挤到另一边，撞到另一个刚刚加入的男同事面前，便搂着他的胳膊跳起来。

　　她不会跳舞，但在酒精的作用下，人变得放松，浑身是多余的力气。她瞎扭瞎跳，时不时更换舞伴，在男人们的怀中放肆大笑。"把你们都收了！"她调戏其中几个年轻点的男实习生。

　　"别光说不做啊！"不常露面的老总也凑起了热闹，众人起哄。

"你小看我们泡男大师！"朱朱在一旁帮腔。

"就是！"张馨傲娇地哼一声。

那天大家的兴致都很高，一首快歌响起，所有人都起身跳舞，张馨借着酒劲多跳了一会儿，就误打误撞跳进了老总怀里，又稀里糊涂被拉出了包间，带出了KTV。

等她缓过劲来，发觉不是被如愿带去洗手间，老总已经把她推到角落的墙边，手放在了她的腿上。她本能地抗拒，伸手推开这个微胖的中年人，但没有用，他又贴近了一些。"别光说不做啊。"他说，浓烈的酒气喷到张馨脸上，把她呛得差点犯呕，"很少见到你这么放得开的女孩，我欣赏。"

慌到深处反而愣，一开始张馨拼命抵抗，到后来就垂下手来，无助地看着街上来往的人群，大概看过十几张面孔后，她看到了组长的脸，接着，又接连看到办公室里其他熟悉的脸。

其中，一个陌生的中年女人走上前来，一把拽起还半醉着往张馨身上乱摸的老总，由于用力较大，老总重心不稳，接连往后退了五六步才站定。"老婆。"他定了定神，完全清醒过来，一脸惊恐。

张馨看着这一幕，根本没反应过来，脸上就火辣辣的一疼。女人扇了她三个巴掌，嘴里恶狠狠又快意地说："贱人，我调查了半年多，今天总算被我逮到你了！"

张馨还没搞清楚是怎么回事，手就被另一只手拉起来，飞速往马路另一个方向跑，女人咒骂着在身后追打了几步，扯下几根头发，之后声音就越来越远，越来越小。张馨跑了很久，拉她的人终于停下来，她气喘吁吁地抬头，看清楚那个人是组长。

她突然就开朗大笑，像是围观了一场别人的闹剧，她气喘连连，对组长说："搞笑，太搞笑，刚才我都傻了。"她重重地拍着组长的肩膀，没心没肺地晃来晃去，等着组长接过她的笑点，调笑她一两句，就像他调笑所有人一样。不管她清不清楚，这一刻她都等了很久，她所做的一切，不过是为了离他近一点，站在他的面前，被他嬉笑着调侃。

"我帮你打车。"组长淡淡地说，脸上没有表情。

他真的帮她拦到了一辆车，并且冷静地跟司机说了大致方向，打开了车门，把她往后座上塞。

"我不回去。"张馨硬着头皮，放肆地说，"约吗我们？"

组长掉头走开，张馨追上去拉扯了几下，被他冷冷挥开。"你好好的吧。"组长丢下一句话，又丢下一个看垃圾般厌弃的眼神，便自己走了。

张馨默默蹲下来，捡起刚刚从组长身上扯下的东西，那是一张拍立得照片，照片里的女孩长发白裙，使劲憋着笑，满脸惹人心疼的羞气。那是张馨在她第一年入职的年会上，半推半就贴在照片墙上的自拍。

张馨把它扯得稀烂。

12. 朋友

偶尔回想起来，那真是一段格外快活的时光。

每个周末，我们六对情侣，抱上一条巨型松狮、一只肥胖症魔王松鼠，开车去五环外的郊区自助烧烤。后备箱里永远存货丰厚：鲜羊肉、鲜牛肉、猪五花各数十斤，基围虾龙虾五六百只，烤炉六个，黑炭一麻袋，啤酒饮料零食无数。

我们通常事先找到一条河，再绕着河边选定一片荒无人烟的杂草区，依次停好车，就开始摆烤炉，生火，搭帐篷。那种少有人去的地方，环境都不大理想，河面要么呈现出奇奇怪怪的颜色，气味也不太好闻；要么干脆是枯的，深灰的河床裸露在外面，周围的秃草地上也时不时滚出一小团什么动物的粪便。但我们都不太介意，我们心无旁骛地烤肉，刷酱，吃肉，喝啤酒，闲扯，追狗，玩松鼠，一点一点耗光一整个下午，最后东倒西歪地躺在脏草地上，等待那一点干巴巴的阳光彻底褪干净，天慢慢地黑下来。

夜晚，我们在地上刨出一小片凹地，把没烧完的炭刮一刮倒在里面，继续烧，附近有些半死不死的断树断枝，也都抱来丢进去，烧出的烟会有一股腥甜刺鼻的植物香气，沾到外套上好几天不散。等火烧到一定旺度并控制在安全范围内，我们就围坐下来，把没吃完的零食碎肉零零散散地吃掉，同时开始漫不经心地聊天。

"你用了什么骗术骗到她的？"一个叫大林的男孩总是嬉皮笑脸，问我的男朋友，故意给我听见，又转过脸一本正经地跟我说："你小心一点，他这个人很危险。"

"怎么危险？"我居然认真。

"就是……"大概是信口胡扯，来不及想好下文。另一个叫赛文的男孩马上接道："就是颜值太高，很容易被抢走。"

因为不擅长开玩笑，想不出该怎么巧妙地接话，我只好跟着大家讪笑。

大林和赛文都是男朋友的大学同学，哥们儿，另外两个男孩和一个女孩也是，他们六个人一起在中央美院上的大学，毕业后也都是同行或者大差不差的行业，比如画家、电影美术、图书美术等。而包括我在内的另外一半人，则分别是他们的伴侣，五个是上班族，还有一个待业。

一个充满啤酒沫子味道的夜晚，我被男朋友带到一家挂满红灯笼的夜排档门口，拉到他们面前，之后的很多个夜晚，我都跟他们混在一起。赛文和他的妻子容容一定结婚很长时间了，容容明显已在这个群体中混得熟烂，成了骨干成员之一，身上有一种女主人般的细腻和包容，总在我没有察觉的时候，给我倒满了温水，换好了碟子，不让我喝冰的，说喝冰的"不好"。我很容易被细节煽动，乖乖接过温水喝起来。

那段时间，我喝了很多很多温水。其中一次是在赛文和容容的家里，我站在男朋友身后，他坐我就坐，他起身去逗松鼠玩，我就也起身去逗松鼠，那只松鼠浑身是肥肉，圆滚滚地蹦上蹦下，我们都被逗笑。

几次下来，我就习惯了这个群体，总是坐在人群里听他们说话。他们并不是我的朋友，而只是男朋友的朋友，用不着费劲联络和维持感情，又不用害怕失去，却可以蹭到一群人的热闹，我简直如鱼得水。

他们怎么那么能聊呢，从傍晚聊到半夜，喝干一桌的啤酒瓶。自然，聊天内容是围绕那六位同学共同的经历打转，例如谁谁谁最近有作品展览，谁谁谁结婚了，谁谁谁最近摊上了什么事。他们频繁说起某个共同的哥们儿，说起他不靠谱的大学时代，长年行踪不定，动不动就消失半个月一个月，又说起他最近又丢下刚刚分娩的妻子和新生女儿，独自出门环游世界的"壮举"。那个人并没有露过面，但在他们频繁的提及中，连我都感觉好像认识很久了。

"啊，上班好烦，好想天天跟他们出来玩。"大林的女朋友说。我听见他们叫她小高。

我们俩总是蹲在一起看守东西，在其他人去捡火引、寻找更合适的野炊地点，或者折回到半路上解救深陷泥潭的车轮时。可能因为我们看起来都比较瘦弱和文静，所以被分配到这种最轻松的任务。

夏天快到了，昼长夜短的趋势越来越明显，那些无所事事的大白天，我们俩懒散地蹲坐在冰凉的草地上，盯着河面缓慢移动的云，嘴里偶尔为打破安静而寒暄几句。

"是啊。上班好烦。"我也随口说。

其实也并没有很烦，尤其是在交这个男朋友之前。每天下班后为了避免独自面对大段的空白，我总是先去商场瞎逛几个小时，不停地试穿衣服，快关门时才回家，睡觉前就盼着快点醒来去上班，至少有事情可做。我只是习惯在聊天时蜻蜓点水地迎合别人几句。

"你以后想干吗？"她问。

"应该是一直上班吧。"好像也没有别的选择了。

"我以后想结婚。"她说，"结婚就可以做家庭主妇，不用上班了。"

"哈哈，那挺好的。"我真诚赞美。

"结婚肯定很开心。"她又补充了一句。

我们总是松松散散地说着这类废话，小高的话题总是围绕着结婚，而我的总是围绕着她。但其实我知道她也是个小画家，我上网查过她的名字，弹出了一堆色彩阴郁扭曲让人感到焦虑的人像，例如女人们在龇牙咧嘴地扯对方的耳环。但她本人和画里透露的高冷酷拽风格迥异，她的额头前面留着乖宝宝自然卷刘海，嘴巴总是抿着在憋笑，像一只喜感的娃娃。

夏天的时候，北京动不动就冒出一些复古市集、跳蚤市场，很多个无事可干的周末，我们十几个人，浩浩荡荡杀进一个卖场，里里外外扫荡一圈，最后，抱着一堆奇形怪状的廉价衣服，男人们坐在空出来的地面喝啤酒，女人们绕回去重新筛一遍小玩意儿，比如首饰和便携香水。

有一个女孩叫娇娇，也是男朋友在内的六个同学之一，她每次都会买下一小座衣服山，那些衣服都很挑人，比如短到胸部下沿的衬衫，腰部细得只有一个巴掌宽的连衣裙，油光锃亮的迷你皮马甲，这些都只有身材好到逆天、气场又强大到撑得住全世界奇装异服的娇娇可以驾驭，更何况她有一头五颜

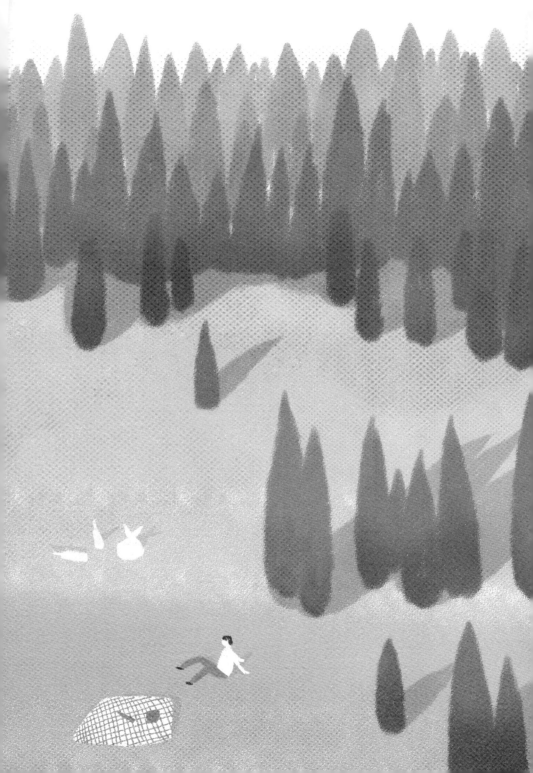

六色的彩虹发，在它的打底之下任何装扮都不显得奇怪了。她在我来以后换过三任男朋友，她的男朋友也很挑人，要么是小语种国家的胡子大叔，在场除了她以外没人听得懂他说什么，要么是比她的装扮和气场更奇特的行为艺术家。

那些明晃晃、火热热的下午，我们瘫坐在市集中央的草地上，她时不时从自己的"小山"里抽出几件和自己身上刚换上的一模一样的衣服，扔给其他几个女孩，她们嘻嘻哈哈地进了临时用一块布搭成的试衣间，接着就走出来一排一模一样的旗袍女、天鹅绒礼服裙女、修女裙女，娇娇每次也丢给我，我并不想太融入，加上不是很放得开，又放了回去，接着和容容还有男人们一起，看着她们几个显眼又拉风地并排到处招摇去，经过的一路上游客纷纷行注目礼，我们笑破声，因为她们看起来太像精神病院放出来的疯子。

夏天的傍晚，赛文和容容家里买了露天电影设备，邀请我们去看电影，顺便准备一桌龙虾宴招待大家。

在那个寒气还没退尽的傍晚，赛文把他家床垫拖出来，扔到院子里的草地上，铺上凉席，接着摆出茶几，端上两大锅刚出炉的麻辣小龙虾，一箱啤酒，再在茶几另一边补上一排小板凳，大家分散着蹲坐下来，就着投影仪上刚刚开场的《魔戒》，开始大快朵颐。

我们埋头吃，开始还一小眼一小眼地瞥向投影仪，后来就顾不上了，吃得额头和鼻尖上全是汗珠，女人们妆都糊了，男人们脱掉上衣，讨论着要不要出去再买一箱啤酒。一锅龙虾很快见底，被容容端走，很快再端上满满的一锅。

那个傍晚简直太美好，现在想想依然神往。好吃的食物，放松的节目，热火朝天的氛围，这一切并不需要我去还人情，也不需要担忧好景不长久，因为根本就不算是我的，而只是男朋友的。

夜晚，大家三三两两地回家，但我和男友、大林和小高，以及娇娇和她的外国男友住得较远，加上他们几个男生曾是同宿舍的室友，关系要格外好一些，所以我们被热情地留下，睡在他们家。我刚开始很犹豫，因为不太习惯住在别人家，但因为男友爽快地答应了，便也不好推辞，放下了包。

最后的安排是，四个男人睡地板上的凉席，我们四个女孩睡他们家的大床，横着睡。自从久远的学生时代结束后，很久没有这么奇特地睡过觉了，但是我们都有些人来疯的高兴。

晚上洗完澡，容容在厨房炖老鸭汤，咕嘟咕嘟，香味浓郁，很快就被鼻子习惯了，闻不出来了。我和小高还有娇娇换上容容的干净睡衣，那是几套无印良品的长筒睡袍，一件黑色一件褐色一件米色，和容容自己身上的白色应该是同款，真不知道她为什么有这么多睡衣！

床确实很大，睡四个人没问题，脚伸直后居然没有落空。我们爬上去，坐在床头看电视玩手机，男人们在外面客厅里说话，时不时爆发出一阵大笑。

电视里在放综艺节目，几个人带着自己的狗表演节目，其中一只泰迪频繁发出类似人的叫声，像在喊爸爸妈妈。娇娇看得高兴，过一会儿就跑去厨房一趟，给容容模仿一遍，模仿到后来，就变成色情的声音。她们俩抱着互挠，拽对方的胸罩，滚成一团。我看得啧啧称奇，原来容容也有这么泼辣的一面。

我和小高靠在床上看电视，小高神神秘秘地透露，她和大林打算今年结婚。"结婚的下一步就是生孩子，再下一步就不用上班了！"她激动万分，想要把这份喜悦传递给我。

"恭喜你啊！"我也替她开心起来。

我想要再说点什么，但是一直没有找到合适的措辞，等到想到了，她已经把脸转过去看手机了。我们没有再说话，各自玩着手机。我有点无聊，在微信上跟男朋友说话，但男朋友好像在隔壁聊得太专注了，回复得很迟钝，后来干脆不回了。我刷了一会儿微博，就躺了下来，打算睡觉。

过了一会儿，容容和娇娇猛地钻进被窝，躺在小高那边的空地方，整张床垫都弹起来。这时候已经夜里十二点多了。小高再次提起快要结婚的事，从容容和娇娇的反应来看，她们早就知道了。她们都很激动，低声发出一种亢奋的小狗才有的尖细高音。

接着，她们陷入谁当伴娘的讨论中，小高的女性朋友不多，仅有的几个都结婚了，包括容容，而娇娇又已经做过三次伴娘了，怕再做不吉利，最后，她们把人选落在我头上。"不行啊，我从来没有做过。"我连忙推辞，生怕自己搞砸了这件事，"真的不行真的不行。"

"挺简单的，要么你再考虑看看，实在不愿意小高再想想别人？"我们沉默了一会儿，最后容容缓和道。

我们几个人挤在一个被窝里，不久就开始发热，又难以翻身，我想，应该忍一会儿睡着了就好了吧，所以我使劲闭着眼睛忍了一会儿。

"你经常跟我们一起玩呀。"容容突然开口说。

我不知道她是在对谁说话，没有应声，过了一会儿，她从身后跨过小高的身体，碰了碰我的背，我才反应过来，说"好的"。

"你可以更放松一点，大家都挺喜欢你的。"她又说。

"好的。"我说。

第二天大清早，我们几个女孩一起逛花鸟市场，容容要去买松鼠的粮食，我看见一只松鼠太可爱，难以抵挡它的诱惑，告诉了容容她们，最后在她们的怂恿之下，把它买回了家。

那天之后，我经常带松鼠去容容家玩，容容家的松鼠比我的大很多，一公一母，它们俩打斗了一小会儿，就和平地在笼子里一起蹿上蹿下，容容玩笑说："以后你经常带它来，让它们生下子孙后代呀。"

"对啊。"我托着腮看着它们，心想如那样真好啊。以前我不敢买宠物，因为害怕承担风险，离别的风险，受伤的风险，但现在我觉得身上有一些责任，也并没有那么可怕，甚至挺好的。

我在网上搜了一些关于伴娘的信息，发现这件事并不难，我只是对自己不自信吧。为此，我在路过理发店的时候，进去花一下午烫了个不错的头，又去修了修眉。后来我一想，婚礼还早着呢，到那时候，头发和眉毛肯定又长起来了吧。

在郊外烤肉的时候，我把这个笑话讲给容容听，容容讲给了所有人听，大家都笑傻了，真不知道笑点为什么那么低。

那些烤完肉的夜晚，大家也会就着夜晚恐怖的氛围，临时讲起鬼故事，分享一些真真假假的灵异经历，讲有一天自己家的狗对着空无一物的墙角狂吠一夜，讲洗脸的时候瞥见镜子里多了个人影，洗完脸仔细一看又没了。平时并没有多恐怖的事情，现在因为野地里四处潜伏的不明黑影，一个个吓得弓成一团，一拍一跳。自己的灵异经历讲完了，大家就接着分享听来的二手经历，直到二手、三手、N手经历都已榨干，大家便半推半就地回归到情感故事这一万年压轴话题上。

我们按照顺时针的方向，一个接一个轮流分享，从初恋到现任，每一段恋爱如何开始，如何结束或是修成正果，讲的人慢慢地讲，听的人静静地听。原本，大家因为各自的对象都在身旁，都有些放不开，但讲着讲着，也就并不忌讳了，空气里流动着一种不分彼此、皆大欢喜的气氛。娇娇的料最多，一个人能抵上三个人的，而且她的经历大多很猎奇（比如在象背上干些什么），用词凶猛。除了娇娇，其他人分享的，也都是些大同小异的起落轨迹，很快就说到头了，但夜晚那么长，我们并不想太早回去，便继续在彼此乏善可陈的故事里深挖细节，总有些上次一句略过的缝隙，可以挖出新鲜的东西。于是到最后，大家对彼此初吻的时间，初夜的场景，某一次深夜打电话痛哭的对白，都可以如数家珍。

我们三三两两地躺在地上，盯着浑浊一片的天空，因为其中某个人的伤感而伤感，因为其中某个人的哽咽而叹息，又因为其中某个人的温情脉脉而微笑。有时候，乍一转头，看到彼此脸上和自己相似的表情，一种温温热热的亲近感也就涌上来。

"如果我们这帮人生活在一个孤岛上，一点也不孤单啊。"赛文说。

"当然啊，简直超级棒啊。"大家说。

夏末秋初，天气渐渐发寒，聚会少了一些，每次我问男朋友，你们没有再约了吗，他总说开车出去烧烤的话晚上会冷，吃涮锅又有点热，就都懒得约，天再冷点就约了。我没有别的朋友，于是那段时间，我下班后和周末时间只能在家里逗松鼠，并且开始盼着天再冷一点。

好在，北京的秋天实在是白驹过隙，冬天很快就来了，寒风那个吹啊。我们一哄而上，挤在经常去吃的那家夜排档包间里，吃涮羊肉，小"烟囱"滚烫得烤人，热气升腾到天花板上聚集起来，看起来雾气缭绕，真是暖和。

手机日历上标记的小高婚礼日期不久了，我把帽子摘了下来，把新剪的中长发秀出来给小高看，想问问她婚礼上会弄什么发型，我好配合她，但没有看到小高的踪影，问大林，他说他们俩吵架了，小高没心情来。

"又不是你结婚，那么热情。"容容亲昵地取笑我，我追打她，他们就转而取笑我男朋友，"结婚钱攒够没，攒不够兄弟垫点？"

那段时间，我们恢复了以往聚会的频率，但小高来得极少，来了也闭口不谈结婚的事，我想起容容的玩笑，没有追问。再后来，小高干脆不来了，在她第五次缺席的时候，大林身边出现了一个陌生的女孩。女孩很漂亮，模样也青春，跟小高一个类型，大家没有多问，十分热情地欢迎了她，也嘻嘻哈哈地开些诸如好白菜让猪给拱了的玩笑。

酒肉欢笑中，日子过得可真快，根本没来得及反应，这一年就翻篇了。过完年重新聚起来，这段时间发生了一些事：我和男友吵过数次架又和好；娇娇换了个新男友，是个知名摇滚歌手，每次聚会都被要求唱成名曲，每次都忍着满脸痛苦勉强唱完，说唱得太多，快吐了；正月大林和现任女友结婚了，伴娘还是我。

回到正常生活轨道上不久，我和男友分手了。分手后我又跟着他最后去了一次这群人的聚会，没有透露分手的消息，大家像往常一样喝着啤酒大声聊天，为一点点屁事笑破声，碰杯的时候，我发现又少了个认识的女孩，多了个不认识的女孩。临走时，我们兴奋地讨论着下次聚会要吃的食物，我也夹在其中提建议，猛然想起他们都只是男朋友的朋友，没了男朋友，以后我可能就来不了了。

分手后，我搬出了和男友共同租的房子，在十号线附近租下一间次卧，主卧是一对年轻的情侣，经常关起房门看韩剧，叽叽喳喳的对白时不时模糊地传出来。

北京的冬天很冷，每次开关窗，被窗缝里钻进来的寒气冻得浑身打战，我怀疑如果没有暖气，一觉醒来就会被冻死，因此总是杞人忧天地担心暖气出问题。

有一天，担心的事情真的发生了，那个夜晚，我睡着不久，迷迷糊糊地摸棉被，盖在身上，整个人还是蜷成一团，我很快感觉到异常，起身去摸暖气片，不像往常那样热得发烫，只残留一点点温热，几乎感觉不到。

我打开灯，瞥了一眼松鼠笼子，并没有看见毛毛，我走到跟前找了一圈，最后在笼底的树根后面发现了它灰乎乎的身影，没有动弹，我叫唤了一声，还是不动，我打开笼子，伸手去碰它的身体，它的眼皮轻轻颤动，睁开又闭上，我把它捧出来，放在被窝里暖和暖和。

我打了个电话给物业，没有人接，想起能修暖气的地方现在都已经下班了，只好明天再处理。我守了毛毛一会儿，它始终没有恢复以往的活力，只是偶尔微抬眼皮看看我。我才意识到问题的严重性，我的松鼠被冻坏了。

我慌乱地穿衣服，第一反应是带着它去找容容和赛文，放在他们有暖气的家里，问问他们该怎么办。

几个月没有来，我还是轻车熟路地找到了那个曾很多次吃过饭玩耍过的四合院，院里灯没开，一片昏暗，有些不明杂物挡住了我的路，我走得急，总是踢到它们。容容听到声音，打开灯迎了出来。

"你来啦，快进来。"她站在门口，满脸笑容。

进门后，暖气扑面而来，他们拿下我褪下的大衣和围巾，把我引到沙发上，沙发罩是崭新的淡蓝色绒毯，我坐下来，赛文起身去倒茶，容容坐到我身边，问起我的近况。

这时候，他们家的狗热情地扑到我身上，像往常一样舔我的脸，还没等我反应过来，容容大声呵斥一声，把它骂到一边。

"别没规矩！"容容说。

"没事的。"我想说，但是狗已经茫然地呜咽一声，进了里屋，隔着门框望着我。

赛文走过来，端给我一杯茶。茶是泡在一次性杯子里的，杯壁细心地套上了崭新的印花杯托，茶叶看得出来是好茶叶，放得也多。我接过来，放在手里，心里有些恍惚，想起以前来，我渴了，容容就把她自己的保温杯丢给我，又想起我跟他们的狗抱着在地毯上滚来滚去的场景。

"工作顺利吗？"容容笑着问，她端坐着，身体始终和我保持着一段距离。

"顺利。"我观察她，才几个月没见，好像已经陌生了很多。

又想，原来他们接待外人是这样的。工工整整的礼貌客气背后，也有着让人不放松的压力，好像随时准备好送客。

"那这次来……"她欲言又止，脸上依然挂着笑容。

"哦，没什么事，我就是想问问，松鼠冻坏了，该怎么办？"我犹豫着，要不要把松鼠从包里拿出来，她会不会不希望我弄脏新换上的沙发罩。

"放暖气片上暖和暖和就行了，问题不大，不行可以找兽医看看。"她说。我等着她再问别的细节，或是要求看看松鼠的样子，但她始终没有。

沉默了一会儿，我便起身道别，他们俩再次满脸笑容地送我出了门，临走时叮嘱了一番注意保暖，注意身体。

院里的灯暗下来，我没有走开，站在黑暗中，有些窘迫，想要直说我的来意，把松鼠放在她家，但又没有勇气。

就这样僵持了一会儿，我把手伸进挎包里。包是灯芯绒的，很大很厚，里面被我垫了厚厚的毛围巾，松鼠就躺在围巾之间，我把手摸向它，它的身体已经僵硬了。

那次以后，我总是梦见松鼠，梦见它还在笼子里，但是想要往外跑，我怎么叫它也不停，跑出笼子，又跑出房间。醒来后我垂头丧气地坐在床头，想着我根本就不该养它，我根本没有能力把握住任何一段长久的关系。

房间里没有了别的生物，恢复了安静，一些周末，我甚至可以从早到晚不发出一点声响。我又恢复到以前的生活，下班后不回家，在商场久久地逗留，站到斜坡电梯上不停上升下降，上升下降。

　　又过了几个月，有一天晚饭我没吃饱，到了半夜肚子又饿起来，考虑到附近餐厅很快就关门了，我打车到那家营业到凌晨四点的夜排档，坐在门口的饭桌旁，点了龙虾和疙瘩汤来吃。

　　吃到一半，身后传来桌椅响动的声音，能听出有一群人挤进了后面的座位，他们大声开着玩笑，互相调侃，又纷纷发出夸张的笑声，接着，我听到有人叫我的名字。

　　"你也刚刚吃饭呀？"我回过头，看见大林的那位外国女友，正满脸热切地叫我，她的普通话还是一样生涩，但难掩兴奋。

　　"吃过了，来吃夜宵。"我说。我看见半年前分手的男朋友和他的那群朋友，其中有两三个熟悉的面孔对我打招呼，其他将近一半的人，也许分别是他们的新伴侣，我一个也不认识。

　　"要一起吃吗？"前男友小声问，有些窘迫，也许是怕惊动了他身旁的女孩，但那个女孩还是被惊动到了。"她是谁？"她天真无邪地问。

　　"一个朋友。"前男友回答完，把脸转了回去，似乎不好意思看我。

　　原本就这样了，大家各自把注意力转回到面前的菜单或食物上，不再纠缠，但大林的外国女友似乎因为文化的差异，理解不了这微妙的尴尬，起身走过来，热情地拉住我的胳膊，把我往他们的桌边拽。

　　"一起吃，一起吃吧。"她的笑容里涌满没心没肺的热情。

　　"不用了，真的不用了，我都快吃完了。"我坚持了一会儿，她终于松手，有些不甘心地坐回到大林身旁。

他们又客气了几句，就不再多说，回到原来的交谈里。我也回到自己的食物里，其实并不是"快吃完了"，面前的龙虾和红辣椒累叠在一起，堆成一座小山，我很焦虑，想早点解决掉，因此迅速在里面翻找，剥得很快，手被烫得胀痛，剥出的肉囫囵吞下去，整顿下来并没有吃出什么味道。

我再也没有去过那家餐厅，也再没有遇见过他们。

又是一年夏天，我去 798 开会，路过一家画廊，门口的海报上是两个女人互扯耳环，我仔细看了名字，正是小高的名字。我走进去要了一份展览宣传单，发现英文版面上，她的名字前面有一个"Mrs"。

"结婚了！"我突然发出一种亢奋的小狗才有的尖细高音。

我把手伸进包里掏出手机，打算联络她，道一声恭喜，但并没有找到她的联系方式。我又试图通过聚会的那群人里的其他人（除了早已不联系的前男友），得知她的联系方式，但我遍寻手机，也没有他们任何一个人的名字。

我开始想起，他们从来都不是我的朋友，甚至说起来，我们连认识也算不上。那年春天，那年冬天，一切一切，更像是一个午睡时的梦，一场温暖的幻觉。

13．电话另一边的人

有一年情人节，我没事干，掏出电话，随便拨了串号码，打算再碰碰运气。

电话接通，一个女人昏沉沉的声音，似没睡醒："哪位？"

我没有回答她，自如地问候，嬉笑着揶揄对方的"贵人多忘事"，同时，耳朵保持高度清醒，随时准备搜集有用信息。

电话那边没有再追问，沉默下来。此时，面前铺开两种可能：一种是电话立即被挂断，故事还未开始就已结束；一种是像大多数人的反应一样，对方陷入犹豫，接着，试探地吐出一个称呼。

几秒钟后，故事走向第二种可能。"李文浩啊？"她恍然道，并没有要挂电话的意思。"你再想想，好好想一下。"为了增加一成可信度，我同她周旋，"真的忘了我的声音吗？"

"谁呢？"她喃喃自语。

一连说了三个名字，她还是没有挂断电话，但是已经不愿再往下猜了，我仿佛看见一双皱起的眉头。当她绷在耐心的极限，说完最后一个猜测："总不会是张健吧。"我便马上对号入座："对啊，你终于想起来了。"

寒暄过后，我才得知，这个张健是对方的初中同学，初中毕业后再无联系，只是凭借声音的相似，她才模糊对应上。接着，经过一番摸石头过河的闲聊，电话那边的人便立体起来：三十多岁，芜湖人，在老家做服装生意，离异，无孩。

在通电话的过程中，我一边零零碎碎捡起和她的老友关系，一边也很快调整好自己的新身份：张健，男，三十多岁，芜湖人，未婚，北漂创业中，因有项目进驻芜湖，所以要回乡发展。最近打算回来后和老家朋友叙叙旧，于是辗转问到大家的联系方式，特来打电话问候一下。

"问候"完毕，我便反复叮嘱她存下我的号码，而她也连声应允，接着，双方愉快地挂了电话。

我把她的号码记在一个本子里，又在号码后面备注上她的基本信息、在这层关系里我的基本信息、我们的关系，就放在一边，没有再管。过了一会儿，我终于感到有些困意，就躺下睡了。

之后的日子，我像往常一样，又打了很多陌生的电话。

我总是先拨出一个号码，有时是各种网络帖子、广告单里看来的，记在一张纸上；有时是瞎按的，打过去，打完一个，再按尾号数的大小排列顺序，接着往下打别的号码。

运气最好的时候，电话那边，是一个年老一点的声音，松垮，笨拙，话筒也许没对准嘴边，问你是谁，你可以毫不犹豫张口叫爸叫妈，接着，随意虚构出一个困境，该被绑被绑，该车祸车祸，开口就要赎金要医疗费，成不成都立竿见影，一劳永逸。运气中等的时候，接电话的人年龄不明，信息模糊，猜测出你是他们的某个好友、同事、亲戚，那么你也可以迅速对号入座，告诉对方这是你的新号码，随后，在短信里要赎金要医疗费，或是别的五花八门的索款由头。运气最差的时候，电话立即或暂缓片刻后被挂断，满腹草稿原路尴尬地咽回去。

当然，即使前面的"相认"、交谈多么顺利，也不代表最终会达到目的，大多数时候，总有一个环节会出差错，对方会突然翻脸、不再回应，或者破口大骂，所有不堪入耳的咒骂通通砸过来。但这不会影响我接着去拨下一个号码，发下一条短信。每一天，我都要接受很多个好坏未卜的结果。

她的号码，也是我在纸上随意捡起的一个。手指再次扫到她的号码，是一天后。我熟练地点到短信那一栏，对照着纸上的信息，打算编辑一条合情合理的求救短信，再粘贴上我的银行卡号。

但是很快，我就停住了手。这一天，我发出的每一条信息都没有回应，打过的每一个电话都被当场挂断。要不要再多接受一次拒绝，我想了想，还是算了，我退出了短信。

但当我放下手机，一条新的短信飞了进来，一看发送号码，正是那个女人。

"听说你那边雾霾很严重。"她在短信里说。

"啊？还好吧。"我有些惊讶，但马上缓过来了，"跟家乡肯定不能比。"

也许为了巩固对方的信任，也许仅仅出于无聊，我又跟她聊了些饮食差异，堵车情况，接着，我们自然而然地各自道别去睡了。

睡前，我把这几条短信翻出来看了一遍，同时，在脑子里慢慢对应上她的信息：离异，无孩，做服装生意。

我从抽屉里抽出一份标题为"七天恋爱计划"的剧本。可能是她的单身状态和突如其来的主动提醒了我，或者仅仅是不想每次都死得那么快，我打算试一试这种很久不用的、拖泥带水的战术。

"明天打电话聊聊？"我又发了一条短信给她。

"好啊。"她回答。

所谓的"七天恋爱"，就是按照剧本上提供的甜言蜜语关键词，循序渐进地谈一场为期一周左右的"恋爱"，得到对方的感情和信任后，以恋人身份、合理化的理由，索要一定数量的钱财，最后在对方世界里消失。

我把她的个人信息、这段关系里我的个人信息，简单记在纸上，第二天晚饭后，打出了这个电话。

"哪位？"电话响了两声，就被接通了。

"是我啊，难道很多人给你打电话？"我自来熟地调侃起她。

"哦，有事吗？"她的语气听起来不算友好。

意识到她也许并不喜欢我的自来熟，我马上调整语气："没事没事，昨天我们说好今天打电话聊聊，你如果不方便就下次。"

"没事，方便。"她又恢复友好。

我们不痛不痒地说了一些废话，把近况更加细致地交代了一遍。为了防止聊到初中时候的往事，增加任务难度，我有意无意地向她透露，我的记忆力很差，很多事都记不清了，而她很配合，说她也记不住事，连回忆前一天吃了什么都费劲。

发现她慢慢进入聊天的状态，我便不露声色地，慢慢接近正题。根据剧本上的提示，第一天的主要任务，是对对方倾诉自己过往的感情史，树立一個専情而惹人心疼的回頭浪子形象。

事情進行得很順利，在她隨意地問起我為什麼單身時，我便巧妙地接過話題，牢牢不放。我告訴她年輕時我如何有心或無心，傷害過幾個女孩的感情，又如何誤打誤撞地深愛上了一個女孩，接著，在一切往完滿方向發展時，因為過往的經歷暴露，而被她放棄，單身至今。

當然，這些故事也都是劇本上早已編寫好的，每個人物，每個轉折，如何真實可信地敘述出來，都已有前人不斷設計、修改、完善過。果然，電話那邊的人聽得無比專注，時不時發出輕微的嘆息，過了一會兒她問我："那你現在放下了嗎？"

"我也說不上來。"我自行往下發揮，"只是在她之後，我就很久沒有再遇到愛情了。"

她沒有說話。

在她沉默時，我暗自琢磨她的心理，是心生感動，還是興趣寥寥、突然懶得再接腔，坦白說我並不清楚。對於這整件事情，我沒有十足的把握，我每天做的事情正是碰運氣。

但是幾秒鐘後，她的回答顯然偏向前者。

"她不了解你。"她若有所思地說，"不值得你念念不忘。"

因為第一天計劃的順利完成，第二天我自信滿滿，吃完晚飯就打了過去。

劇本上，這一天和前一天相反，換成我去傾聽她的感情經歷和心事（大齡單身女性，大多有一肚子傷心往事），無論聽到什麼樣的故事，都要以語言表达我的无限理解和疼惜，让她感觉遇到了知己。

"说说你吧，我想听你的故事。"由于前一天已经深聊过，我想，我们之间不再陌生和拘谨，就单刀直入地开了口。

"我没有什么故事可讲。"她淡淡地回答。

"不可能吧。"

"就算有也没什么好听的，没多大意思。"她波澜不惊。

考虑到也许并不喜欢被询问隐私，我便不再多问，小心翼翼地闲扯，跟她分享了一些发生在我身上的奇闻趣事，频频把她逗笑。

半小时后，她主动讲起自己的故事。

"我的一切都很平常，从小到大，学习成绩不好不坏，上的大学不好不坏，连找的老公也是个普普通通的上班族，经过别人介绍在一起，没有经历过什么特别浪漫或者惊心动魄的事。"

我犹豫着，不知道问离婚的事情会不会不妥。

"就连离婚，"她似乎听出我的犹豫，自顾往下说，"也是因为没有了感情，又没有耐心维持一段需要将就和忍耐的婚姻，有一次因为小事吵架，顺势就离了。"

"你从来没有爱过人吗？"我试着引导她想起一些难忘的情事。

"没有，我很难对什么人和事产生兴趣。"她终于开始袒露心事，往深处说，"以前也很短暂地喜欢过一些人，但我感觉，爱情都是不持久的，都是有时效的，很快就会淡掉。你觉得呢？"

"不是啊。"我说，"你会遇到爱的人的。"

　　我想多开导安慰她几句，但突然哑口无言，原本准备好的大段台词，似乎都不太合时宜。

　　这样的情况到了第三天，似乎更严重了一点。

　　第三天是表白日。我温习了一遍剧本，默念好台词，踌躇满志地拿起电话，准备好瞅准机会对她表达好感。

　　"你好，有事？"她再次用一种淡然的、无精打采的口吻对我说。

　　一连几句，她的对白都显得生疏、陌生，就像是得了每日失忆症的人，前一天的熟络睡一觉便通通忘光。我的满腹"衷肠"，瞬间被这股生疏击退。

　　我想起她说，很难对人产生兴趣，但要说完全没感觉到她对我的兴趣，也并非如此，有那么一些瞬间，我分明感觉到她在向我默默贴近，一切并非毫无希望，只是也许要比常规多花一些耐心吧。

　　所以当天，我并没有急着表白，我把表白推迟了一天，专心地陪她聊天，开一些无伤大雅的玩笑活跃气氛，等待时机。

　　我发现，她的笑点很低，你只要不停地说些有趣的事，或者干脆编一些冷笑话，她绝对会笑得上气不接下气，有时就连我自己也会被她的笑声感染，心情放松起来。

　　隔了一天，又一番东拉西扯的逗笑后，趁她笑得正开心，我缓缓开口："我发现你挺可爱的。"这不算假话。

　　她马上止住了笑。

　　"和你聊天的这几天我都很开心，有一种很亲近的感觉。"我继续追击，"说出来你别笑我啊，有些时候，我有种错觉，以为你已经是我的女朋友了。"

194

这段话，自然也大差不差地在剧本里出现过，而我也发挥了不止一次，但此刻，我听着自己的气息喷在滚烫的手机表面，等着她的回答，手心竟然有些湿乎乎的。

"呃……"她再次恢复那种波澜不惊的语气，"有点突然。"

"没关系。"按照剧本，不等她回答，我就应该慌张地打断，"是我太唐突了，不聊这个了。"

"你怎么知道一定是拒绝呢？"她反而笑了。接着，她就赶紧换了个话题，再也不就此多说一句。

之后，一直到挂上电话，我心不在焉，回味着她的话。她应该是在委婉地向我表露好感吧，那么，我差不多已经在成功俘获她的芳心的道路上了，接下来，一切按计划继续即可。

所以第二天，我起床后第一件事，就是关上了手机，彻底与她断掉联系。

"第四天，断联一天。让对方陷入习惯被猛然打乱的慌乱中，察觉到你的重要性，重新考虑你的表白，从而在你再次出现时，有极大可能会立即接受你。"剧本上是这么写的。

当然，我不是真的关机，而只是抽出了这张电话卡，换成另外一张，继续进行别的工作。白天，我做完了一天的指标，夜晚，我躺在床上，心里猜测着她会做何反应。

第二天，我换回电话卡，开机，立刻去翻消息提醒。

按照惯例，本以为会出现她的未接来电提醒和数条短信，但是并没有。

我以为手机出了问题，重启了几次，依然一个未接来电、一条短信也没看见。

我打开通讯录，找到那个熟悉的号码，拨了过去。

电话像往常一样，响了两声就接了，电话另一边的人，也像往常一样，不紧不慢地打招呼，寒暄，一切都没有改变。

我一边陷入迷惑，一边囫囵地与她闲聊下去，你今天干什么了，我今天干什么了，遇到什么有趣的事情了……从头到尾，她只字不提昨天没有打的电话，也不去讨论前天我的坦露真心。

或许她根本就没有在意昨天有没有打电话，也忘了我的表白？或许根本就是我误会了，她并没有对我产生什么特殊的情愫？

但是很快，她又在快要挂电话时补了一句："跟你聊天真愉快，很想每天都可以这么放松。"

"当然可以。"我马上说。

我发现，每当我心生迷惑，怀疑着她的想法、态度，她便会恰好向我接近一点，打消了我的疑虑，让我看到希望，觉得胜利触手可及。

带着一丝不解，我进入"第五天"的步骤——确定关系。我如剧本上预演的那样，犹犹豫豫，吞吞吐吐地问："我们两个有可能吗？"

事实上，与其说剧本上是那么写的，不如说是我的真实反应，我坐在沙发上，整个人因为紧张而收缩起来，像一条面临惊吓而肌肉紧绷的鱼，颤颤等待她对这段关系的宣判，但自己也不明白这份紧张的由来。

"重要吗？"她反问我。

"挺重要的。"

"顺其自然吧。"她轻飘飘地给了一个模棱两可的回应，"到了那一步自然水到渠成。"

"好吧。"并没有想过是这样的收场，但我发现自己轻轻地吐了一口气。

那天晚上我没有睡着，被一种莫名的焦灼紧紧揪住心绪。照理说，这是并不应该出现的情况，不能如预期中的样子发展，是再正常不过的情况，我早已习惯。等到事后深究，才渐渐有些明白其中隐因。

坦白说，当时我年纪不大，除了电话或网络上例行公事的逢场作戏，跟异性真正交手的经历不多，而她的时而无限接近时而遥不可及、给出希望又模糊回避，这一切都超出了我的理解范围，使我陷入越来越深的迷惑，我想这份迷惑才是真正使我焦灼不安的缘由。

但当时的我，并没有咂摸出这一层意味，只当是事情不顺时的沮丧，我只能根据重复而单一的过往经验，判断出是自己用心不够，或许再细致耐心一些，砸入的时间精力多一些，事情便能"水到渠成"地达成。

所以接下来，我并没有急着追击索爱，或者中途放弃，我们继续打了一段时间电话，在此期间，我只字不提之前的"求爱"，像往常一样，只是聊天。每到夜晚，我绞尽脑汁，把我听过的所有笑话、趣闻，通通搜刮出来，逗她一笑，而她确实频频被我逗乐，也主动与我分享生活中的小确幸、工作的烦恼和好消息，每一次，我都会尽全力开导、安慰，让她重获好心情。有一次，她突发感慨："和你聊天永远那么纯粹地快乐。"一切再次向我证明她并非无意，只是时间问题罢了。

当时的我，一心只想完成任务，达到目的，现在看来，不妨说自己也同样乐在其中，只是还浑然不觉。她虽然不太年轻了，也总在关键时刻神秘得让人看不透，但在和我聊天过程中，她又显得纯真可爱，容易满足，我喜欢听见她的笑声。

不知不觉，与她电话聊天已融入我的生活，成为枯燥苍白的日常中最令人愉快放松的一部分，甚至有些时候，我把计划忘得干干净净，纯粹只是习惯性与她谈天说地。

差不多过了一个月，在与她分享了一首我以前听过又很喜欢的音乐后，她沉默了好一会儿，突然说："好有感触。"

"什么感触？"

"就是觉得太美好了，此时此刻。"她说，"音乐、你，什么都太美好了，好想抓住。"

我的心狂跳起来。但当时的我，依然以为只是目标快要接近的缘故，我赶紧问："那为什么不抓住？"

"就是觉得什么都是有期限的，不能长久，抓住也是徒劳。"她深陷伤感。

"不会的，并不是所有人所有感情都这样，有些感情在时间的打磨下反而越来越坚韧有力。"我说。

"也许吧。"她淡淡地回答，"我们有这样的可能吗？"

"当然。"我抓住时机冲刺，"虽然不知道你现在的样子，也没有在生活中接触过，但是这么多电话打下来，那些心心相知的默契，那些轻松快乐的感觉，比任何东西都真实。只要你给我机会，我就去找你，然后一直守着你，每天逗你开心。"

"真的？"她转忧为喜。

"真的。"

那一天，她接受了我。我们的电话一直打到天亮，彼此都腻在一种甜蜜的氛围里不愿离场，直到那一刻，我才慢慢察觉到自己的异常，在熟练表演一场幸福的表层之下，是汹涌而来的真正狂喜。我甚至迫不及待将第二天"规划未来"的阶段提前进行，告诉她我这几天立即去找她，之后，我会把事业逐渐转移到家乡来，专心与她发展下去，结婚生子。

在我说这些时，她的配合也同样传达出甜蜜和陶醉，但她比我要平静得多，除了应允，就只剩下沉默的呼吸，但我想，这应该只是一个女人的矜持吧，并没有什么不对。

那天的最后，我告诉她："我们会一直很幸福的。"

"是吗？"她喃喃自语，"一直吗？"

如果知道后来的事，我一定能体会到她这么说的意味何在，但我并不知道。当天睡前，我饱受兴奋的折磨，翻来覆去，浑身发热，已等不及到第二天晚上——我们惯例打电话的时间。

剧本上，下一个阶段就是最后一个任务：透露自己即将在老家开餐厅，打算在开业当天把她介绍给家人，得到她的赞同后，再旁击侧敲地建议她去我们熟悉的一家花店买一批花篮作为贺礼，骗取几万块"花篮"费用。任务完成。

胜利近在咫尺，我只要安心等待时机，把情绪酝酿饱满，放手一搏，就可以换掉号码，永远消失在她的生活中，但我突然想放慢速度，再多回味回味。中午醒来，我掏出手机，拨打那个熟悉的号码，想要以恋人的身份与她多逗留逗留。

电话没有接。

也许还没睡醒？我又等了一会儿，她还是没有打过来，一直到天黑下来，我又打过去，还是没有人接。

一些不好的预感一闪而过，我又接连打了多次，电话每次都显示关机。

我渐渐明白，她消失了。

是她后悔了？还是说，猜到了我的计划，气愤之下决定与我断掉联系？可是明明昨天她还好好的，那些亲亲热热的气息甚至还在耳边，怎么可能一夜之间转变这么大？

我抱着残存的侥幸："万一她是出了什么事呢？万一只是手机坏了呢？"等了一段时间，在此期间，我每天都会给她发一两条短信，询问她的情况。甚至，我会考虑周全地告诉她，如果是后悔了，也不用逃避，我不会怪她。

但她一直没有回应，电话也没有再接通过。

我应该马上放弃计划，转战下一单，不再浪费时间在她身上。但一天一天过去，她成为一个越来越大的谜团，搅得我不得安宁。每时每刻，我都在猜测，她到底为什么消失？

我每一天都在想这个问题。

直到半年后的一天，同行的小朱约我吃烤串，我们坐在烧烤摊上，有一搭没一搭地分享近况，交换工作过程中的奇闻趣事。

一番心不在焉的闲扯后，我没忍住，说出了这个困扰已久的疑团。

"你说她为什么消失呢？"说完，我问小朱，希望旁观者清，能给我一些新的思路。

小朱没有回答，愣愣盯着我，数秒后，他缓过神来，反问我："她是不是经常说感情不长久，有期限什么的？"

"是啊，你怎么知道？"我惊呆。

"然后从来不主动表示什么，你对她暧昧她也不拒绝？"他接着问。

"她到底是谁？"我脑子里闪过各种可能，难道从头到尾，都是认识的人在恶作剧？

"她的声音有点沙哑，音量也不大。"

小朱每多说一句，就让我多一份烦躁和恐惧，我终于吼出来："到底他妈是谁？"

"不知道，只不过我也遇到了同一个人、同样的事而已。"小朱耸耸肩，倒是风轻云淡。

我们加了几瓶啤酒，小朱不急不躁跟我说了那个故事。一年前，他打通了一个陌生电话，一番胡乱套近乎后，得知电话那边的女人离异单身的状况，立即改口说打错了，挂了电话。随后，他以初次回国人生地不熟、寻求帮助的借口，打过去聊骚数天，进展顺利，俩人渐渐聊得火热，但在最后关头，小朱发完借钱消息，她就人间蒸发了。

一番话毕，我心里的迷雾反而更大："所以她应该早就知道自己被骗，至少遇到我以后她已经有一次这样的经历了，那她干吗上钩？"

"你不觉得是我们上了她的钩吗？"小朱笑起来，似乎在分享一件趣闻，但我并不觉得好玩。

我把事情前前后后理了一遍，想起她第一次给我发的短信，想起她只字不提跟初中有关的事，各种事实上需要圆谎的细节都被自动绕过，想起她的若即若离，拖延计划，从头到尾，都像一场预谋。

"她图什么？"我想问，但很快我闭上了嘴，很早之前，她就把答案告诉过我：爱情都是有保质期的，她只要抓住最好的那个部分就足够了。

而最好的部分，不言而喻，暧昧阶段的想得而不可得，无尽的激情，无尽的甜言蜜语。

从头到尾，都是一场预谋。

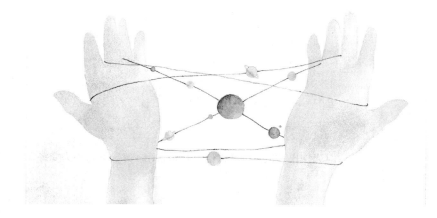

14. S 小姐的朋友圈

S 小姐是我们每次聚餐的必备压轴话题，方便入口，耐嚼易咽，人人都有兴趣掺和几口。

无论聚餐的主题是什么，庆祝谁发了笔小财，有人有事求助，为新加入北漂队伍的熟人接风，或者纯粹只是扎堆吃饭，差不多茶足饭饱了，总会有人提上那么一句，"哎，你们看了 S 最近的朋友圈没？"

这句话一抛出，就像扔出个手榴弹，原本瘫在椅子上昏昏欲睡的人群立刻炸裂开来，因为 S 的微信朋友圈，总是变着法儿地精彩。

"听好了，"有人掏出手机，点开微信，开始念，"昨天累得心力交瘁，和张导聊天时透露了放弃的念头，被他严厉地批评了很久。做电影这行不容易，谢谢您在我软弱时及时拉我一把，我会坚持下去！"念完，举起手机展示一圈，屏幕上赫然几张张艺谋大导演的生活照。

"看这条看这条，"另一个人手指在手机屏幕上飞速翻动，"亲爱的薇姐和子怡，眼看着你们一步步走向自己的最想要的位置，为你们感到欣慰。"照片中，我们的 S 分别和那两位著名的薇姐、子怡搂着合影，笑靥如花。

"Home party 模式开启！辛苦了这么多天，好好犒劳自己一下，谢谢亲爱的他送我的礼物，Mua！"一个阴阳怪气捏着嗓子的声音。这回不等他落音，我们已经纷纷埋头滑动自己的手机，欣赏了满满九张豪宅豪车豪包的远近特写。

我还注意到，这条朋友圈下面有一条唯一的评论，来自她自己："统一回复大家：包包四万八，他非要买，我也觉得不值。"后面附了几个委屈表情。

S小姐是谁，电影圈名流？一线演员？新晋导演？通通不是。至少在我们了解的范围内，S只是我们的老朋友之一、中学时期参加某个作文比赛认识的赛友、一起北漂的苦逼文艺青年。来北京的两年，S辗转托圈内关系做过图书编辑实习生、剧本修改枪手，不过要较真起来，她也确实能和电影挂点钩。

差不多有一年半的时间，S每天跟着我们厮混，毛衣起球，刘海出油，缩在人群里玩手机，在朋友圈里抱怨工资太少，工作受气，房租太贵，以及男同事太丑太极品。有时候后半夜发一串哭的表情，下面马上出现零星几个赞。

S还有一个住在通州的记者男友，每天胸前挂着一台巨型单反相机，乘两个小时地铁去一家报社实习，周末乘一个半小时公交来找S。两人也会计划一些一日游，二日游，这个时候的S，朋友圈里也会流露出少有的快乐，发一些标准"游客照"，满面春风。跟S合租的C不时向大家通报，他们第七次去动物园了，他们第五次去游长城了，有一次还神神秘秘地告诉我们："知道他们圣诞节的烛光晚餐是什么吗？69块钱的麻辣香锅团购套餐！"

就是这样一个S，和她的工作、她的男友、她的朋友圈内容一样，怎么看，都不像是会让人多看几眼的那种人。突然有一天，就摇身一变，成了另外一个人。

一开始，只是偶尔一两张出入高档餐厅的照片出现在朋友圈里，大家还会嘻嘻哈哈地在评论里调侃："发财啦？""傍上干爹啦？"接着，这样的照片越来越多，等你突然缓过神来，去翻她的朋友圈，就会发现，从前那些旧款诺基亚拍出来的，像素极低的长城照，脏兮兮的猴子大象，感叹号漫天飞的工作抱怨，通通不见了。取而代之的，是日复一日的高档餐厅、豪宅豪车、电影发布会、明星合影，最低调时也是电影院、美术馆、画廊、音乐会，是"好久没来了，XX 先生的作品使我宁静"。

"怎么回事，她最近是走了什么横运飞上枝头了吗，还是在开一个大玩笑？！"趁 S 不在，我们纷纷问 C。

"你觉得是开玩笑就是开玩笑，你觉得是真的就是真的。"C 一脸天机不可泄露的神秘。

"别神神叨叨了，你也忘吃药了吗？"我们攻击道。

在我们的不停催促下，C 才不耐烦地坦白："其实我也很长时间没见到她人了，她好像在忙一个大计划。哎呀，反正下次见面你们自己问吧！"

于是，我们在一种迫不及待的焦灼里，刷着 S 的朋友圈等着这个"下次见面"。S 也许真的忙起来了，算一算也已经连续四次缺席我们的聚餐，朋友圈倒是无比勤快地更新着。这个时候，我们已经不敢评论了，就连赞也不大点了，因为在搞清楚真相以前，你根本不知道评论什么合适，评论什么不合适，任何一种表态都有可能落下笑柄。

"你告诉她，不想来就别来喽，让她跟她的张导谈心去吧。"W 难得开口，对着 C 说。在我们这群人里，W 年纪略长几岁，最能写，发表文章的刊物最高级，也是最早有独立编剧的影视作品在电视上播出的，虽然手上一个抱有极大期望的电影几经坎坷还是夭折了，但那样的失败也属于成功人的小挫折，她一直是 S 和我们几个人的标杆。

我们三三两两地附和着，但又抱着一丝侥幸和一探究竟的愿望。等着下次见面，发现 S 还是原来那个 S，那么我们就可以一解谜团或是大肆嘲笑她的朋友圈内容了，或者，发现她果真不是原来那个 S 了，那我们也好早点选择该用什么新的态度来面对她。

S 还是出现了，跟她一起来的还有她的新男友。我们首先直勾勾地盯住他：一身低调名牌，性格随和，浑身上下透着富养出来的松弛和漫不经心。而再看我们的 S，你会发现她已经不是我们那个 S 了：卷了头发，精致的淡妆，优雅的套装裙，牛皮高跟鞋，坐姿优雅，轻声细语。

我们也很快反应过来，送 S 四万八包包的是新男友，而不是通州记者男友，更不是我们以为过的情况之一：记者男友的突然暴富。那么，S 迅速混入电影圈顶端，也是因为这个富二代新男友吗？就在我们心照不宣地沉默下来，内心暗自嘀咕时，S 抛出一个更大的炸弹："对了，告诉大家一声，我开了一家影视公司，新一年想好好做几个电影，毕竟好的东西是要花心思打磨的，自己有个工作室比较放心。"话毕，起身优雅地发给每人一张名片，全然忽略我们惊愕如雕塑的反应。

这次见面之后，S 就彻底成了一个谜。S 是富二代吗？以前是因为低调才吃 69 元麻辣香锅套餐？我们想起出油的刘海和起球的毛衣，否定了这个猜测，因为没人会因为低调而故意大大降低生活标准。有人怀疑是富二代男朋友给了她这一切，包括开公司。有人则把目光投向张导，猜测S已经加入了他的神秘团队，筹划一场大行动，没准明年上映的几部大戏之中，其中就有她编剧制作的。"对啊！张导！张导！"也许因为亲眼见到了S"脱胎换骨"后的真人，之前半当真半当笑话的朋友圈内容陡然增加了分量，我们聒噪地讨论着，面容无不带有新奇的惊恐。

"注意点，你们有点无聊了噢！"W突然板起面孔，引起大家一阵沉默，但是她一转身，就去问C："是真的吗？"

尽管疑思重重，但谁也没有去问S本人，究竟是哪一种情况，谁也不想戳痛自己菲薄的自尊心。只是，每一天，我都会打开S的朋友圈看几遍，那些图片似乎带有魔力，给人一种美好的愉快的幻觉。因为点的次数太多，导致后来只要是她朋友圈里的照片，通通不用缓冲，碰一下立刻就弹出清晰大图。虽然没有问其他人，但我相信他们也跟我差不多。

有一天，就在我习惯性点开S的头像，打算继续刷朋友圈时，她的头像旁边冒出一个红色的数字。"在不在！"她叫了一声我的昵称。

"在的在的。"我回复。

"你方不方便微信上发个红包给我？"她问，"我刚下飞机，钱来不及换成人民币，但是马上要支付一笔东西，只能用微信支付啦，哈哈！钱换了就发你一个更大的。"

因为用的是语音，没有多想，我马上回："哈哈好啊，多少？"

这件事之后，S 就再也没有出现在我们的聚餐上，朋友圈倒是一如既往地热闹，看起来似乎这几天去了斯里兰卡，要在那里"放松几天"。"更大的红包"还没有给我，也许是时间匆忙，但在人群中，我不露声色，甚至心里是暗暗开心地等待着她回国的那天，不是真的为了"红包"，而是像在守护一个我和她的默契。我们的 S，其实并没有离开得太远。

"S 出国了呢，她现在怎么样呢？"有人刷着那几张附有一句"斯里兰卡的天空还是那么蓝"的图片自言自语。

"别问我，她早就搬出去了，不住我们那个破房子了。"C 脸上不无失落。

"那应该是很好吧，肯定很好。"我怀着一种温暖的祝福，喃喃道。

"嗯，看她混得越来越好了，也替她开心啊。"有人说。我以为 W 会嘲笑我们几句，但她没有说话。

事情转折，是在半个月后，圈子里面一个小姑娘声称在大悦城的地下美食城看到了 S。她连连保证那就是 S，绝对不是认错人，脸上因认真而涌起阵阵红晕。

"也就是说她没有出国喽？"大家不置可否。

"出国突然回来了也不稀奇啊。"我说。但是很快我就闭上了嘴，因为 S 的朋友圈陡然弹出一条新的动态："国外的空气确实好很多，让我逃离雾霾，多享受一会儿大自然的馈赠吧！"

"下次谁碰到了就直接上去问她呗。"最后，W 建议道。

而这个"下次"并没有隔太久，很快又有人在鼓楼东大街看到逛街的 S，离奇的是，和 S 并肩走在一起的并不是富二代男友，而是那个我们再熟悉不过的通州记者男友。因为涉及感情隐私，看到的人也没有上前询问她，绕道走开了。

这个新的发现引起阵阵猜测，终于有人抛出致命的疑问："你们有没有觉得，她的照片有点假？"

"早就觉得了。"有人立刻回答，"一开始就感觉不对劲。"

我们迅速投入到"找碴"的热情中，发现 S 朋友圈里那些豪华别墅、豪车、名牌衣服、包，巴黎街头、斯里兰卡的天空，张导，通通没有她本人的痕迹，确实有些耐人寻味。另外，她给自己评论的那些"统一回复大家"，也怎么看都像是自说自话，压根儿就没有什么提问者吧。当时唯一迷惑到我们的明星合影，也似乎没那么难解释：只要和这个圈子挂一点点钩，谁都可以去一些相关场合蹭几张合照。

在大家的你一言我一语中，S 的信誉岌岌可危，而接下来的一件事，彻底把我拉入一个暗暗担忧的境地。

我所在的影视公司出了新剧，反响不错，办了一场庆功酒会，作为员工，我自然也在酒会上。和我邻座的姑娘来自另一家影视公司，自来熟，闲聊之际给我们展示公司微信群的 Q 版头像，在群成员那一栏里，我赫然瞥见 S 的头像。

确认了一番，不光是头像，昵称也是一样。"她也是你们公司的吗？"我问。"是啊，我们公司剧本策划经理的助理。"她说着，顺手点开那个头像，滑进朋友圈。

奇怪的是，朋友圈里又完全不是我平时看到的那个 S 的朋友圈了。没有豪宅豪车，没有明星合影，没有斯里兰卡的天空，没有巴黎街头，取而代之的，是大段大段的"咬牙含泪"励志格言，是"路是一步一步走的，事是一件一件做的，踏实做人，不计回报"；是"加班到这个点，只求所有事情都过自己这一关，无愧于心，晚安"。也发过一张照片，那是我们熟悉的那个记者男友，附言"谢谢你陪我一起打拼"。邻座女孩告诉我，此人低调、勤奋、朴实，是公认的劳模。她特别强调道：也许现在（周末）还在公司加班呢。

为了防止认错人，我又再三确认了几遍微信号，甚至打开自己手机里 S 的账号，反复对比，没错，就是她。为什么同样一个账号，朋友圈里却完全是两种内容？我很快明白了，S 设置了"分组可见"，不同的分组里，发出的内容是不一样的，而每个分组里的好友也看不见别的分组里的内容。

我二话没说，拿手机拍下了这个朋友圈内的内容，跑到有 Wi-Fi 的地方，一一发送原图，传给圈内除 S 以外的每一个朋友。

啊！S！现在，她已经彻底把我们搞疯了。那些漫长得看不到边的白天，那些无心工作也睡不着的夜晚，知了声没完没了，香烟蒂堆满烟灰缸，我们无事可干，只能翻来覆去琢磨我们的 S 和她的朋友圈，手指在那些豪华别墅、巴黎街头上面反复地、久久地摩挲。一切都是假的吗？

有一个人坦白："难怪她问我借了钱。"
很快有第二个人坦白，第三个人坦白，所有人坦白。

　　大家都沉默了。我想起自己之前没有把借钱的事告诉大家，是因为我以为自己和 S 的关系更好一些，甚至因为受到信赖而感到些许自豪和羞涩。现在我坚信每个人都这么想过，包括心气颇高的 W。我死死盯着 W，直盯得她满脸通红。

　　事情变本加厉。接下来又有人从别的朋友那里，看到 S 第三个版本的朋友圈。

　　她特意借来那个朋友的账号，登录给大家看。那又是另一番天地了，我们的 S 涂着魅惑红唇，披散着凌乱长发，露出半只肩膀和事业线，做出小野猫的姿势，性感撩人，在后半夜的朋友圈发出无言的召唤。而白天，就是鬼马卖萌小白兔，满屏幕嘟嘴锤子手。大家啧啧感慨，如果不是亲眼见到，仅凭想象力的触须还真难以触及 S 如此风情万种的一面。分享给大家看的人亲昵地称之为"绿茶版 S""大蜜 S"，并特别补充，此版本很有可能只对帝都富二代圈年轻男子开放。

　　我们大胆猜测，S 的朋友圈肯定还有第四个分组、第五个分组、第六个分组，每一个分组都是一个平行世界，每一个分组都是不同版本的 S。而我们所在的分组里，就是富豪版的 S。讽刺的是，据我们目前所知，她也只对这个分组里的我们讨过"红包"。

　　"那现在怎么办？"一个怏怏的声音。

　　我们看向 W，每到关键时候，她总是比我们冷静、理性。果然，这次也一样，她想了一会儿说："她不是留给我们名片了吗，去一探究竟好了。"

对，对，名片。S 派发给我们的新名片还在，很多人随身揣在包里，她的公司名称、地址、电话，白纸黑字印着呢，还能有假吗？

为了无聊的真相，或者更为直接的，为了大家的"红包"。那虽然不是什么大数目，但每一份都已经是我们其中几个人半个月的工资了。大家迅速选出三个住处离名片上地址近的女生，第二天去完成这个任务。

W 迅速为大家新建了一个没有 S 在内的微信群，用来给她们三个直播最新情况，群的名字为"寻找 S 行动"。第二天一大早，我们就在群里刷起来。

"出发了。""打上车了。""应该是这个大楼吧，你们看看照片。"三个女生热情地汇报着，群里一片热闹，不时有大家紧张流汗、激动晕倒的表情弹出来，如果兴奋也能通过手机屏幕传递的话，我的手机一定成了一个火红滚烫的山芋。

只是，从"进电梯了，我们马上到了"开始，三个人的汇报就戛然而止。任凭我们怎么询问、催促，也没有反应。大约过了一个小时后，她们终于重新出现。"我们有可能以后都见不到 S 了。"其中一个说。

一阵慌乱，群里火速充斥各种惊恐表情，一批接一批，淹没了她的话。过了好一会儿，页面渐渐平静下来，不再弹出新的内容，另一个女生才开始解说。

"你们能想象吗，S 家是南方农村一户特困家庭，根本不是什么富二代！现在被她父母带回农村去了。"

"怎么会？"我们不解道，"她还开了公司，住豪宅开豪车呢！"

"公司是借高利贷开的空壳，豪宅豪车也是租的，高利贷的人都找上门来了。不光这样，男朋友也不知道是真是假，因为有两个男朋友都坐在那里！"

"天了噜！" 我们开始担忧自己的红包。

"所以说两个平行世界里分别有一个男朋友喽？好强大！"有人已经接受了钱讨不回来的可能，转而揶揄道。

"估计不止，如果她有十个朋友圈分组，也就有十个男朋友吧。"

"没准儿。"

S 人间蒸发了数天后，她的父母突然出面，解决了这件事，也挨个儿联系到我们，还清了那些"红包"。据说，S 回到老家后，决定从此不再回到这个是非之地。

S 走后，就不再更新朋友圈了。一周后，我们这群人再次聚在一起，为一个新到北京开始北漂的老赛友接风。也许是"红包"的失而复得，让大家又恢复了和善。有人伤感地感慨，S 经过这一遭，肯定彻底厌倦了大都市里的"喧嚣浮尘"，一心皈依老家那片净土，现在，我们才是真正地、彻底地失去 S 了。

"她不是出国了吗？"新来的老赛友突然说，"刚刚她还发了朋友圈。"

接着，在众人的注视下，他掏出手机，打开微信，点开 S 的头像，熟练地进入她的朋友圈。果然，一张蓝天白云的照片赫然入眼，显示时间是"1小时前"，照片中，S 一袭白裙，做出伸手拥抱蓝天的动作，角落里跳出一行字："久违了，斯里兰卡的天依旧那么蓝。"

　　"靠！"我们疯狂地去掏自己的手机，迫不及待点开她的朋友圈一看究竟。奇怪的是，任凭你怎么摁住那个头像使劲刷新，也不会再弹出任何新的一张照片、一条动态了，甚至，从前的那些豪车豪宅公司包包，也都突然消失不见，S 的朋友圈，只剩下头像下方那条横杠和一片空白。

　　显然，并不是 S 离开了朋友圈，而是我们这群人，被她从分组里踢除出来了，就像踢除出她的众多平行世界中的一个。人群愣了片刻，开始反应过来，不声不响地埋头吃菜。

　　"让我们为 S 碰杯吧！"W 突然举着杯子站起来，"让我们遥祝 S 在她喜欢的那个平行空间里，幸福快乐，斯里兰卡的天空永远那么蓝。"

15．男朋友的前女友

万万没想到，男朋友是这样的人。

一开始，我只是习惯性点开他的微博，随意看看，检查最近有没有什么可疑迹象。这时候，他的点赞记录里，赫然冒出几张女生自拍，不用多猜，我马上认出，那是他的前女友。

那张脸，我并不陌生，我看过她的认证微博，但不是这个，这应该是她的小号。我倒吸一口气，点进去，屏着气翻了两页，发现男朋友最近除了给她点赞，还评论过两次"哈哈"，一次"晚安"。

这样的情况持续了多久，我不知道，我只知道，他们分手一年多了，分手后，是不是一直保持着联系，甚至是比较暧昧的联系，我不敢想，手指停在"下一页"上，不敢继续往下翻。

原本以为，男朋友不是这样的人，他和我交往的那些男朋友不一样。我交往过的男朋友是哪样的呢？含含糊糊，湿湿答答，如果你哪天心血来潮，猝不及防地抢过他们手上的手机，必定能看到正在抖动的几个熟悉的头像，不是前女友，就是暧昧对象。原本我以为，男朋友不会那样，因为他木讷、憨厚，即使马路上一辆车也没有，也会蹲下来等三分钟的红灯。没有想到，事情并不能只看表面，我手心汗津津的。

隔天，路过一家画廊，我假装不经意地问起男朋友："对了，你前女友好像也在画廊工作噢？"

"怎么了？"男朋友漫不经心地玩手机。

"随便问问啦，你们还来往吗？"为了显得自然和无所谓，我假装四处看风景。

"早就不联系了，问这个干吗？"他说完，又接着埋头刷手机。

我盯着他的手机，不再说话。

当天晚上，我把闹钟调到凌晨两点，震动。醒来关上闹钟，确定男朋友睡得不省人事后，我一点一点，抽出了他枕头下的手机。

首先是微信。最近联系人一路翻下去，除了工作群聊，就是哥们儿间约饭约打球，除了我，只有一个女性联系人，我迅速点进去，一口气刷到最后，发现也仅仅是中午帮大家订外卖的女同事，每天向男朋友发一次外卖单照片，收一次抵盒饭钱的红包，没有任何多余的交流。

我打开通讯录，凭昵称和直觉，找出了男朋友前女友的账号，打开后，聊天内容一片空白，朋友圈里的照片，也都是需要缓冲半天才能打开，不像是被男友点开过的，看起来，真的像是"往事已尘封箱底"，很久没什么交流了。

我又去查电话记录，但只看到我的、快递员的和男朋友爸妈的通话记录。再看短信，不是 App 发来的验证码，就是澳门赌场、资金借贷的垃圾广告，除此以外，没看到什么可疑内容。

这样看来，是我想多了，男朋友评论前女友的微博，只是不痛不痒的礼貌问候，私底下并没什么瓜葛？可能吧。

只是，怀疑一旦被戳开一个小口子，就很难收场，只会继续越撕越大。一个人的时候，我搜出她的微博，认证大号或私密小号，一条一条看下去。大号上的她，身份为某某艺术画廊策展人，低调、神秘，只是转发一些展览动态、大师作品，鲜少暴露个人信息，却已经粉丝万千，一呼百应，是评论里很多人的"女神"。而她的小号，昵称是一串乱码，头像是一个简笔手绘小人，粉丝数十个，看得出，都是经常与她互动的现实中的好友，也许因为足够私密，她肆无忌惮地发自拍，卖萌扮丑，吐槽身边的奇葩，自曝糗事，言语搞怪犀利，有几条我甚至笑出了声。

我慢慢地翻，细细地看，从下午看到傍晚，又从傍晚看到天黑，终于看完了她所有的微博，一个俏皮、有趣、呆萌的少女，就这样鲜活在我眼前。要不是她是男朋友的前女友，她的可爱有趣因此通通显得尖锐刺眼、充满攻击性，也许就连我也会对她心生好感。让我相信男朋友已经彻底放下了她，一心一意地爱着我，实在需要太粗的神经、太宽的胸襟了，而我没有那么粗的神经和那么宽的胸襟。

那段时间，我总是不由自主地幻想起男朋友和前女友旧情复燃的甜蜜画面，怀疑他们以我不知道的方式，隐秘地藕断丝连着。一次彻夜失眠后，我决定采取行动，弄清真相，以结束这种不清不楚、苦苦纠结的状态。

好在，男朋友因为工作压力重，晚上总是十点多就沉沉睡去。于是有一天，趁他睡熟，我再次抽出他枕头下那只手机，打开微信，快刀斩乱麻地点开他的前女友的账号。

"今天吃到一家很好吃的饭馆，心情很好。"我打出一行字，点了发送。

原本，我差点信手发了个"在吗"，或者"睡了吗"，幸好马上就刹住了。我想，如果换成自己，收到久不联系的前任这样即兴的招呼，肯定会判断为深夜寂寞难耐之下的聊骚，那么无论是否还有感情羁绊，都会有不被尊重之感，而心生排斥，那就测试不出来什么了。但如果换成一句没头没脑的陈述句，反而可以碰碰运气。

何况，男朋友确实很喜欢发掘新的饭馆，一一试吃，吃完也喜欢这样感叹一句，想必跟她在一起时也大差不差。我这样说，不显得突兀。

果然，过了一会儿，她就回复了，是一个笑脸表情。我心里一抖，有种鱼儿上钩的窃喜。

这时候，我发现她的头像换了，由原来的长发自拍照，变成了短发自拍照，短头发的她，清纯、利落，我马上模仿男朋友的语气，对她说："你短头发蛮好的。"

"谢谢。"她回。

我捧着手机，蹲在床边，一边提防男朋友醒来，一边聚精神地等她的下文，只是接下来，她就不再发任何一个字了。

半夜，我又起床检查了几次，还是没有看到她的回复，于是，我把聊天记录删了，手机也塞回了原处。

看着身旁轻轻打鼾的男朋友，我终于放下心来，一切都是我太敏感了吧。我挤贴过去，抱住他，难得睡了一个安稳的觉。

第二天是周末，我心情很好，早早地起床出门，买菜买肉，买面粉、泡打粉、黄油，打算在男朋友醒来之前，给他做一顿可口的饭菜，再用一个下午的时间，烘焙一些蛋糕甜点，晚上我们一边看电视一边吃。

正当我热气腾腾地穿梭于厨房和客厅，默默回味幸福的失而复得时，在客厅看电视的男朋友，身旁的手机突然响了。原本这没什么稀奇，但从男朋友久久僵直不动的背影中，我感觉到事情不好了。

我捧着一盆混水的高筋面粉，经过男朋友身后，假装找东西，实则定睛去看他的手机屏幕，果然，屏幕上的头像无比眼熟，正是他的前女友。

一顿午饭下来，我心乱如麻，不记得是怎么熬过来的。想必，她是接着昨天的聊天继续的吧，那么，男朋友肯定发现昨晚我干的"好事"了。我恍恍惚惚，看向男朋友，猜测他会做何反应。奇怪的是，男朋友像往常一样吃饭、闲聊，关于微信的事只字未提，吃完饭以后，又像往常一样，进屋午睡一会儿，不久就传来均匀的鼾声。

确定男朋友真的睡着后，我连滚带爬地扑向他的手机，捂住狂跳的胸口，打开了微信，迅速翻开他们的聊天记录。

幸好，幸好，一眼扫下去，并没有看到提及昨晚那场"聊天"的字眼，我是安全的。我松一口气，这才仔细阅读对话内容。

果然，聊天是接着昨晚内容继续的，也许因为被我夸了新发型，她发了两张短头发的正侧面特写，说："我怎么感觉剪毁了。"后面跟上一个"笑cry"的表情。五分钟后，男朋友的回复是："蛮好的，早就建议你剪短发。""Amy剪的。"她说。男朋友又停顿了几分钟，回道："难怪，她水平没错的。"最后，她发了一个龇牙笑的表情，他们就没有再说话了。

我默默放回手机，呆坐到沙发上，任凭新的打击劈头盖脸地袭来。我反复在心里咀嚼这段对话，只有寥寥数语，然而每个字、每个表情之间，都涌动着亲密相处多年，累积下来的默契和举重若轻。Amy是谁，他什么时候建议过她剪短发，我通通不知道，不管愿不愿意，我都必须接受一个事实：在他们共同完成的记忆里，我只是一个局外人。

连续几天，我死死盯着男朋友，观察他吃饭、玩手机、看球赛、睡觉、轻轻地打呼噜。我失魂落魄地想象，跟她在一起时，他是什么样子，她又是什么样子呢？他们一起度过了大学四年，肯定有太多太多甜蜜的回忆吧。

有一天，我终于没忍住，问了男朋友："能跟我说说你和前女友的事吗？"

"啊？跟她什么事？"男朋友大口吃着一碗猪排咖喱饭，一脸茫然。

"你们在一起会干些什么？"我说。

为了避免引起疑虑，我又轻松地补充道："就是随便问问啦，跟你有关的我都想了解了解。"

"哦，好吧。"男朋友放下筷子，开始认真回忆，"也没什么特别的啊，就是正常情侣做的那些。"

"比如呢？"

"吃饭、睡觉、上课、画画……"他老老实实地细数。

"你们经常一起画画？"我打断。

"对啊，在美院的四年，把附近各种山啊湖啊巷子啊都画遍了，有时候也会出去旅游采景。"

"这么有情趣啊。"

"还好吧，大四实习以后拿到的第一笔钱就是一起去了趟泰国，两个人每天背着画板到处画。"他只顾往下说，完全没有注意到我脸色的变化。

"真浪漫，那你们为什么不结婚，然后白头偕老、永结同心呢？"我说。接着，我拎起包，走出了饭馆。

一出门，我就后悔了，明明还有很多问题想问的，怎么就先动了情绪呢。所以，当男朋友终于追上来，气喘吁吁地抱怨："我真搞不懂，是你自己要问的，为什么生气？"我缓和了一下，马上转过脸说："没有生气呀，我逗你的。"

"哦，吓死我了。"他松了口气，"你演得太像了。"

"怎么可能因为这点事生气呢。"我微笑着说，"再给我讲一点你们的事吧。"

这次，男朋友狐疑地看着我，上下打量了一番，坚定地摇摇头："我不上当了。"

我收起笑容，掉头就走。

之后又有几次，我想从男朋友嘴里套出点什么，都被他警惕地拒绝了，只好默默放弃。

在好奇心的驱使下，有事没事，我就打开谷歌、百度，或者微博、人人，甚至 QQ 空间的搜索栏，把男朋友和他前女友的姓名、昵称、用过的网名，以各种排列组合方式，输进去搜一搜。他们虽然都在各种社交账号里删除了跟对方有关的内容，但他们共同的朋友并没有。于是，在这种地毯式搜索下，我看到了大量他们和朋友一起吃饭聚会的合影，一起出现在老同学画展上的签名，以及各种同学会点名册，几天后，甚至还挖出了他们曾经用过的微博情侣账号。

那个账号有一个打情骂俏的名字："我的二货女友"。准确地说，主要是男朋友一个人在负责更新，整整四年，每天两三条，记录他的"二货女友"的蠢萌日常：如何因为一根鸡腿而喜笑颜开，如何因为起床气而哭了一个小时，如何三番五次忘带钥匙忘带钱包……

我一条一条看下去，从第一页翻到最后一页，并且打开了每一条状态下的评论，冷眼旁观他们过期的嬉笑嗔骂、甜蜜互动，终于看得肝肠寸断，满脸泪水。我把目光移向躺在身边睡得深沉的男朋友，交往一年多，别说专门为我建个微博，就连在自己的微博和朋友圈里主动提上我几句，也极少极少。想到这里，我气得浑身发抖，躺回床上，假装成做噩梦的样子，用尽全力踹了他一脚。

事已至此，理性上，我知道自己应该及时刹车，不要再继续找不痛快了。但事实上，自从知道这个账号的存在，我就越来越难以相信男朋友和前女友真的已经毫无瓜葛。怎么可能呢？那些幸福的字眼甚至还溢着甜香，冒着热气。坦白说，如果男主角不是我的男朋友，就连我也要被他们感动了。我很清楚，如果不尽快搞清楚他们之间到底还有没有可能，结束猜疑的折磨，这块石头会始终悬在那里，给我带来更大的折磨。

因此，我决定不再被动地猜疑和等待，而是主动出击，采取措施，试探看看他们两个，到底还有没有重归于好的可能。

"昨天翻到'我的二货女友'，那时候我们挺傻的。"又一个深夜，我登录了男朋友的微信，对她说。

"过去的就不要多看啦。"不久，她回复我。

"但是也傻得真诚，可能以后都不会那么傻了。"我补充道。

她沉默了一段时间，也许是心里的某个地方被戳中了，她一会儿"正在输入中"，一会儿又停了下来，最后，她说："是的，很傻。"

这是一个还算顺利的开头。从此，每隔一两天，我都会在男朋友熟睡后，抽出他的手机，登上他的微信，找她聊一会儿。每次聊天之前，我都要从"我的二货女友"这个账号上，挑选一些容易切入的小事，作为交谈的素材。而她也并不拒绝这样的怀旧，在我的引导下，我们时常重温大学时，一起逃课穷游的兴奋，一起爬山写生的浪漫，宿舍熄灯后久久不舍得挂断的电话粥……

每次聊天结束时，我会迅速对聊天记录做一次修剪，删掉我的那部分对话，以及她的回答性对白，只留下她主动聊起一些话题时的内容，这样看起来，就好像是她主动来找男朋友聊天。接着，我会在退出对话框后，把聊天记录设为"未读"状态，男朋友一觉醒来，就会看到未读消息提醒。

当然，只要细心留意，破绽还是有的，那就是消息的数量和消息提醒数字并不符合，但我太了解我那木讷、粗神经的男朋友了，不说他对细节有多么视而不见，即使注意到这个破绽，他也只会傻乎乎地"嗯？"一声，然后迅速被聊天内容转移注意力。

果然，男朋友没有察觉到任何异样，每一天，他都像往常一样上班，下班，看电视，洗澡，枕着手机早早睡去。等他睡着以后，我就迅速登上他的微信，检查他的回复。但每一次，男朋友的回复只有苍白的寥寥数语，比如："哈哈，你记忆真好。""祝你一切顺心。"虽然没有像我期待的那样直接无视，或是冷漠回应，但也得体克制，无可指摘。

我不甘心，事情绝不会这么简单。为了早点水落石出，得到一个确切的结果，我决定在和他的前女友聊天时，加大力度，编造一些细碎而美好的细节，添加进去，作为事情背后的"真相"。例如逃课，"我"其实是牺牲了很多重头课，付出了很大的代价，但也并不觉得可惜，还有每次煲电话粥，为了不影响室友休息，"我"都是在蚊虫漫天的厕所里站上两个小时，双腿被叮得全是包，但心里却很满足。

同为女人，熟谙对方的心理，加上对男朋友的说话方式了如指掌，我深知怎么巧妙而不露声色地打入她的内心，果然，几次交心下来，她就大受感动，很快进入了状态，也开始坦露内心，告诉我一些"我"所不知道的事情。

她告诉我，刚认识时，只因为男朋友夸过她穿白色好看，她就每天至少穿一件白色衣服，一直到现在，还保持着这个习惯。她告诉我，大学时每天早上带给他当早饭的海鲜粥、蔬菜粥，或者杂粮粥，都是她睡前就开始准备的，整整熬一夜，才会有那种黏稠绵密的口感，她那么懒，以前从没这么认真对一个人好过。她告诉我，在一起时她画了很多他的素描，毕业收拾行李发现一个行李箱都装不下。

有那么几次，聊天聊到意浓处，我突然感觉与她的心无比贴近，隔着屏幕，我似乎能触碰到她颤抖着打字的手，也仿佛听见她哽咽的声音，再一恍神，一种恋爱般温温热热的甜蜜和酸楚便涌上来，把自己吓了一跳。

但这种状态不会持续太久，很快，我看到男朋友的脸，便会立刻回到现实中，想起她是我的情敌，我不该被打动。我紧盯着男朋友，捕捉他的一举一动，不出所料，面对前女友的诉衷肠，他并非毫无反应，虽然回复还是些礼貌祝福，但他的语气越来越迟疑、纠结，并且，每次看完她的消息，他都会陷入恍惚，沉默那么一会儿。

他在想什么？想和她在一起的回忆？我预料得没错，他终于决定要和她旧情复燃了吗？每到这种时候，我都一阵紧张。

有一天，我们在家吃晚饭，电视里正在播一个登山旅游的节目，男朋友抬到一半的筷子突然定住不动，双眼愣愣地盯着地板，走神了好一会儿。

"怎么了？"我盯着他。

"没什么啊。"他瞬间还魂。

"这个季节真适合爬山啊，我们去爬山怎么样？"不知为什么，我十分肯定他是想起了和前女友爬山写生的事。

"好好的爬什么山啊。"男朋友兴趣寥寥。

"也对哦,美好甜蜜的回忆当然不能让人破坏。"我丢下碗筷,走进卧室。

男朋友没有说话。我在房间里等了一会儿,终于听见他走过来的脚步声,每走近一步,我就多一分绝望和期待,他终于要来坦白一切,承认自己放不下前女友了吗?他终于要去找她了吗?

男朋友推门进来,坐在我的身旁,我闭上眼睛,给自己足够的勇气,等待那一刻的到来。

"你一直想听我说说和前女友的事情,对吧?"

我点点头,猜测接下来他会怎么开口。

"我不愿意多说,是因为我跟她的分手充满误会和遗憾,不是什么愉快回忆,但是既然你介意,我就都告诉你。"他一脸凝重。

男朋友告诉我,他们在一起四年,原本打算一直好下去,但毕业那会儿,俩人因琐事吵架闹分手,冷战期间,前女友被国外一家她心仪的美术馆聘请,而他并没有留意她个人主页上公布的这个消息,没来得及提出同去或挽留,她就已经出国了,拉黑了他各种通信账号,半年后才重新加回来。

男友说,他并没有真的打算分手,只是想先忙两天再去哄回她,没想到再也没机会了,这一直是他心里的一个遗憾。

他的眼眶有点红,似乎深陷痛苦,我不说话,静静等待他的下文。所以说,他现在要去找回她,弥补这个遗憾吗?

"所以说,我和她缘分已尽,彻底结束了,这是不可改变的事实。以后,你把心放回肚子里去，百分之百地信任我，行吗？"他的回答出乎我的意料。

那天夜里，我愣愣地发了很久的呆，把这段日子以来所有的事情，认真捋了一遍，最后，我做了一个决定。

我登上男朋友的微信，把他的遗憾，原原本本地告诉了他的前女友。

尽管从心底，我已经对男朋友放下心来，但我总想最后再证明一次：即使面临误会解除，弥补遗憾的机会摆在眼前，他们依然没有旧情复燃的可能。我发誓，如果这一次，他们还是通过了考验，那么我就从此不再怀疑分毫，踏踏实实跟男朋友在一起，好到老，好到死。

发完消息，我一夜没睡，分秒难耐地等待着男友醒来看到手机的反应，等待最终水落石出的那一刻。也许是长时间的精神亢奋让人疲惫，天刚亮时我还是没撑住，睡了过去。梦里我很紧张，无数次看见男友醒来，把所有可能的结果都预演了一遍，终于不堪折磨，醒了过来。

房间里除了我以外，空无一人，我叫了一声男朋友的名字，也无人应答。我并不慌张，静静走到男友电脑桌前，昨晚，我借传照片之名，用他的微信账号登录过网页版，此刻，粗心如他，果然没顾上退出登录，任凭所有的聊天过程在网页上直播。

我屏气凝神，默默看下去，我看着他们如何化解误会，解开真相：原来毕业的时候，俩人都不是真的打算分手，但都以为对方分意已决，只好忍痛接受；我看着他们为这个误会唏嘘不已，彼此安慰；我看着他们迫不及待决定见一面，发出位置共享。

接着，我冷静地关上电脑，走出家门，前往他们见面的地点。远远地，我看到那两个人，女孩在不停抽泣，男孩犹豫片刻，上前抱住了她。

真相大白。一切果然如我预料的那样，男朋友并不是值得信任的人，我的眼泪大颗大颗地落下，但同时，心里的一块石头落地，我终于轻轻地，松了一口气。

后记

　　无论如何，我完成了这本书。近几年来，我一直有一个心愿，榨干现阶段的自己，留下最好的部分，再以一个全新的空杯子，去吸收更多新鲜的好东西，现在我做到了前半部分。

　　如果要为这本书找一个具象的开始，必须要提一下2013年冬天那个梦。当时，我梦见自己意外获得闯入别的平行空间的机会，我站在窗边，每拉开一面窗帘，就能看见一个新的自己，正在不同的世界里过着形色各异的生活。她们年纪不一，装扮迥异，我怀着新奇一一窥视下去，最终被一个绝望的发现击倒：因为勇气的缺乏和因此而来的拖延症，每一个平行空间里的我，都一事无成，囫囵混日，脸上是和当时的我一模一样的焦虑神情。

　　当时的我，正处在一个一头雾水的时期。

　　我每天去影视公司上班，和另外四五个同事一起，围坐在一张巨大的环形会议桌边，你一言我一语地拼凑起一个又一个框架早已严格限定好、一听开头就知道结尾的爱情故事，再依次提出一些不痛不痒的修改意见。明知那些故事被投拍的可能极小，但也不再指望去改变些什么，和同事们倦怠而心不在焉的脸（可能我也一样）对看了两年，刚毕业时对工作的满腔热情也差不多已经消磨光。

喜欢写小说，想当作家。此前被出版人找到过，因为少年时期获得过一些零星的写作奖项，以及"90后"的身份标签（在当时还不算烂大街）。在QQ那头，他打下大段为我"量身定做"的包装策划方案：得写长篇，长篇好卖，得写一个典型"90后叛逆女孩"的故事，这样的故事有噱头，有辨识度，得有争议性言论，得有露骨情节，这样容易火……我在QQ这头一一应允，那年我刚毕业，被出书的愿望冲昏头脑，即使一开始就清楚这并不是我真心想写的东西，也还是诚惶诚恐硬憋了大半年，写下几万字。一个下午，我仔细翻阅那几万个字，是的，他的要求我基本都达到了，但除此以外，我没有看到任何自己想要看的东西，那些浮于表面的人物性格，那些空洞而无意义的描述、对白，没有一处不让我面红耳赤。我又硬撑着往后写了一点点，终于痛苦地放弃。如果出书意味着要勉强去写自己毫无感触、言之无物的东西，那它对于我也没有意义了。

在那之后，我沮丧了一段时间，接下来整整两年，我不再想出书的事，不再想当作家，而是把写作当作一个下班后和周末偶尔用来消遣的爱好。我上班下班，开会散会，心里没有期待，也没有什么大起大落，我有一个记录小说灵感的本子，一直没有停止过记录，但是很少再去动笔把那些小说写出来了。那段时间波澜不惊，我在日记里把它称为肥皂泡破灭后的平静。

如果现在要深究起来，那两年时间其实被很多快乐、闪光的记忆填充。我记得夏天我总是和最好的朋友去郊外拍好看的照片，用胶片拍，照片洗出来满眼绿色和青春鲜活的笑脸；我记得那两年我恋爱、争吵、分手的全过程；我记得过生日的时候我的好朋友都在我身边，我们一起吃掉两大脸盆的麻辣小龙虾，自己做的；我记得第一次用自己的工资给家人买机票，带他们出来玩，他们新鲜欣喜的表情；我记得下班后我为了瘦身，总是不吃晚饭，啃着一只橙子走四十分钟路回家，看着路灯一盏盏亮起来。

我问自己，就这样了吗？就这样一头扎进生活，和很多中学、大学同学一样，早早步入日常人生轨迹的洪流，工作、结婚、生子，沙滩上拍打起一模一样的浪花，好像也并不是不可以，心里掠过不甘，又很快被覆盖。

接着我就做了那个梦，梦见那些不同平行空间里的自己，脸上一模一样的焦虑和茫然。我沮丧地醒来，掏出那个记录灵感的本子，发现不甘一直都在，我还是很想写。过去的两年我也断断续续写了三两篇，我怀念每次写完一篇小说的成就感，怀念把小说发出来与人分享的亢奋激动，我明明有那么多东西想写，想表达。其实也并不是一定要出书大卖才可以写小说吧，只是写出来就已经不一样了，写出来本身就是意义。

就是在那个时候，我辞了职，打算把想写的小说一个一个写出来。辞职写作这件事并不具备什么励志色彩，也跟梦想这种事无关，仅仅是攒下的钱还够用一段时间，那就索性让自己写个够，写爽了、甘心了，再重新做下一步打算也不迟。

我在手机里、电脑里、桌子上到处写着："把最喜欢的事玩到极致，别的都让它滚蛋！"当然，写作大部分时候没有那么激动人心、充满浪漫主义色彩；相反，写作总是和纠结、自我怀疑、腰背的酸痛如影随形，我只是想提醒自己，好好享受这段纯粹做好一件事情的时光，把它玩好。

　　交完这本书全部的书稿时，再过几天我就满 25 周岁了。一两年前，我曾在微博里忧心忡忡地写道："在我的潜意识里，25 岁是青春的顶峰，过后就在一点点走下坡路。这份年龄焦虑毁灭性极大，让一切看起来都在往无序和悲观方向发展。"现在真的一脚踏进这个年纪，一切都没有往悲观方向发展；相反，我比任何时候都平静、笃定，我写出了目前为止最想写的东西，像是为过去的日子交了一份答卷，尽管并非全无遗憾，但我已经交出了自己的百分之百。现在是一个崭新的开始，我还会遇到很多意想不到的体验，还会写出更好的东西，想到这些，我甚至一点也不害怕年龄的增长了。

2015 年 6 月　　北京

把最喜欢的事玩到极致，别的都让它滚蛋！